LUZIFERS TOCHTER
KÖNIGIN DER VERDAMMTEN

MAGIE DER VERDAMMTEN UND GÖTTLICHE SCHICKSALE
BUCH EINS

KEL CARPENTER

ÜBERSETZT VON
TATJANA BECIJOS

Luzifers Tochter

Kel Carpenter

Veröffentlicht von Kel Carpenter

Copyright © 2018, Kel Carpenter

Überarbeitet von Analisa Denny

Titelbild von Clarissa Yocla

Übersetzt von Tatjana Becijos für Literary Queens

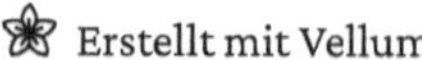 Erstellt mit Vellum

ÜBER DEN AUTOR

Kel Carpenter ist eine Meisterin der Worte. Wenn sie nicht gerade liest oder schreibt, reist sie um die Welt, nervt liebevoll ihren Redakteur und verbringt Zeit mit ihrem Mann und ihren Fellbabys. Sie ist immer auf der Suche nach guten Tacos und der besten Pizza. Sie wohnt in Maryland und versucht verzweifelt, den Verkehr zu meiden.

Für meinen Clan, der mich erträgt.

»Es ist wahr, wir werden Monster sein, abgeschnitten
von der Welt; aber dafür werden wir einander umso
näher kommen.«

Mary Shelley, Frankenstein

KAPITEL 1

Die Hölle musste zugefroren sein.

Genau. Das war die einzig mögliche Erklärung dafür, dass Kendall Clackson, unsere hiesige Bibelfanatikerin, an einem Samstagmorgen durch mein Lieblingsrestaurant stolzierte. Normalerweise sparte sie sich ihren Blödsinn für den Wochenanfang auf. Für Tage, an denen ich nicht freihatte. Ein Zufall? Unwahrscheinlich.

Ich blieb wie erstarrt stehen und überlegte, abzuhauen. Doch dieser Gedanke dauerte nur eine halbe Sekunde, bevor ihr selbstgefälliges Gesicht mich dazu brachte, durch das Lokal zu stapfen und mich an meinem üblichen Platz niederzulassen.

Scheiß drauf! Ich hatte in den letzten zehn Jahren jeden Tag das Gleiche getan. Daran würde ich jetzt garantiert nichts ändern.

Ich zog meine Beine hinter den Tisch in der Sitznische und hatte noch nicht mal die Speisekarte in die

Hand genommen, als Little Miss Georgia Peach schon auf mich zukam. Samt Südstaaten-Charme, natürlich.

»Ruby! Was für ein Vergnügen, dich hier zu sehen, Liebes.«

Ich drehte mich kurz um und nickte einmal, in der Hoffnung, sie möge den Wink verstehen. Wenn es etwas gab, das Kendall nicht in den Kopf bekam, dann war es, wie unerträglich ich ihren übertriebenen Südstaatenakzent fand. Wir lebten in Portland, um Himmels willen!

»Ich hoffe, du bist nicht wegen Josh hergekommen. Er spielt Golf mit ein paar anderen Männern aus unserer Kirchengemeinde. Gott segne ihn! Er hat durch mich den Weg zum Herrn gefunden.«

Ich konnte mir kaum verkneifen, mit den Augen zu rollen. *O ja! Ich bin sicher, dass er das getan hat. Sobald du ihm gegeben hast, was ich ihm nicht hatte geben wollen.* Ich schnaubte vor mich hin, sagte aber nichts. Kendall hatte es sich zur Aufgabe gemacht, mich und alle anderen daran zu erinnern, dass er mich für sie *und* Gott verlassen hatte.

»Was ist so lustig? Weißt du, Ruby, du solltest dir eine Kirche suchen. Das könnte dir helfen.« Sie senkte ihre Stimme. »Bei deinen *Problemen,* meine ich.« Einige Stammgäste warfen uns neugierige und etwas abschätzige Blicke zu. Es war eine unausgesprochene Regel unter uns Samstagsgästen, sich zurückzuhalten und keinen Ärger zu verursachen. So, wie Kendall es gerade tat.

»Probleme?«, fragte ich und tat so, als wäre ich von ihrer Bemerkung ein wenig überrascht. Ich wusste ganz genau, was sie meinte. Ich war ein wenig jähzornig, aber zu meiner Verteidigung musste ich sagen, dass man als Halbdämon nur begrenzte Möglichkeiten hat.

Ich winkte Martha auf der anderen Seite des Diners heran, und sie warf einen Blick auf Blondie, bevor sie die Augen verdrehte. Ja, es war nicht die erste Situation dieser Art, aber natürlich war *ich* diejenige mit den Problemen.

»Weißt du, deine Aggression ...«

»Was kann ich dir heute Morgen bringen, Ruby?«, fragte Martha, die in diesem Moment neben Kendall auftauchte und sie gar nicht zu bemerken schien.

»Einen schwarzen Kaffee und vier Portionen Bacon, bitte«, sagte ich, ohne einen Blick auf die Speisekarte zu werfen.

Martha schmunzelte vor sich hin. »Ich weiß gar nicht, warum ich überhaupt noch frage«, murmelte sie, als sie wegging.

Kendall fuhr mit ihrer Predigt fort, wohl wissend, dass ihr Rat unerwünscht war. »Weißt du, Ruby, du solltest wirklich das Fett weglassen, wenn du jemals einen netten christlichen Mann finden willst.«

Eine Art Hitze stieg in mir auf, aber ich unterdrückte sie mit aller Kraft. Kendall konnte mich schikanieren, so viel sie wollte. Ich wusste, dass sie eigentlich nicht auf mich wütend war. Es war mein betrügerischer Ex-Freund, der *mich* trotz meiner wiederholten Versuche, ihn loszuwerden, nicht in Ruhe lassen wollte. Es war nicht unvernünftig, dass sie wütend auf ihn war. Aber es war unvernünftig, dass sie *mich* deswegen verfolgte und *mir* das Leben zur Hölle machte. Vor allem, da sie diejenige war, mit der er mich überhaupt erst betrogen hatte. Doch irgendwie erkannte sie die Ironie in all dem nicht.

»Hm ... Lass mich darüber nachdenken! Bacon oder Kirche? Bacon oder Kirche? Nun, das ist wirklich nicht schwierig, Kendall. Ich bin Atheistin, also entscheide ich mich besser für den Bacon«, sagte ich und grinste, als ihr der Mund offen stehen blieb. Es machte mir Spaß, sie zu ärgern. Und? Ich hatte nun mal ein Faible für Ärger.

»Spricht der Satan aus dir oder ist es pure Eifersucht, Ruby? Du hättest wissen müssen, dass Josh seinen Weg zu unserem Herrn finden würde, mit oder ohne dich.«

Das war zu viel. Ich konnte mir das Lachen nicht länger verkneifen und scheiterte kläglich, als ich versuchte, es als Husten zu tarnen. »Kendall, ich überbringe nur ungern schlechte Nachrichten, aber wir haben uns getrennt, weil er dich in einer Besenkammer gefickt hat, und wenn du deine Vagina nicht neuerdings ›Gott‹ nennst, machst du dir selbst etwas vor.« Ich schenkte ihr mein spöttischstes Lächeln und machte eine abwehrende Handbewegung. Selbst unter ihrer orangfarbenen Sonnenstudiobräune konnte ich sehen, wie sich ihr Gesicht rötete. Sie hatte gedacht, an meinen Zufluchtsort kommen zu können, um mich zu beleidigen. Sie hatte gedacht, sie könnte mich verleumden und meine Trennung für alle sichtbar an die Öffentlichkeit bringen. Sie hatte gedacht, das würde mich in Verlegenheit bringen. Was sie nicht begriff, war, dass es mich nicht interessierte. Josh war jemand, mit dem ich mir die Zeit vertrieben hatte. Doch sein Schwanz hatte die Oberhand gewonnen. Als Halbsuccubus lag es nicht in meiner

Natur, an die Liebe zu glauben. Nicht, wenn das »Herz« von einem hübschen Gesicht und einem dreiminütigen Fick beeinflusst werden konnte.

Kendalls Wut schien immer intensiver zu werden. Sie setzte ein zuckersüßes Lächeln auf, als Martha mit meinem Bacon und Kaffee um die Ecke kam, aber mir entging der Blick in ihren Augen nicht.

»Du meine Güte!«, höhnte sie und machte auf dem Absatz kehrt. Ich atmete erleichtert auf, aber das war eine Sekunde zu früh. Ihr Fuß sprang heraus und erwischte Marthas schwarzen Turnschuh, bevor ich etwas sagen konnte. Das Nächste, was ich mitbekam, war die Hitze auf meiner Brust, als der Kaffee auf meinen kastanienbraunen Pullover spritzte. Er würde mich nicht verbrennen, aber das wusste sie nicht.

Martha fand die Balance zwar wieder, aber der Schaden war bereits angerichtet. Mein Bacon lag auf dem Tisch, getränkt in einer Kaffeepfütze, die in meinen Schoß tropfte.

Ihre weiße Schürze und ihr gelbes Hemd waren mit Fett und Kaffee benetzt und Martha stotterte: »Das tut mir so leid, Ruby! Kann ich ...«

»Ist schon gut, Martha«, sagte ich und funkelte Kendall an. Die Schlampe war zu ihrem Platz zurückgekehrt, wo drei der anderen Stepford-Frauen saßen, alle blond und kaum zu unterscheiden. Sie trugen alle dasselbe unfassbar strahlende Lächeln und unfassbar perfektes Make-up. Kendall war in der Überzahl und winkte mir demonstrativ zu, als sie ihren Platz einnahm.

Ich. Sah. Rot.

Ich stand von meinem Platz auf und half Martha eilig, das Chaos aufzuräumen. Sie wiederholte mir gegenüber immer wieder: »Sie ist es nicht wert, Ruby.« Nicht, dass das eine Rolle gespielt hätte. Jemand musste Miss Hochwohlgeboren eine Lektion erteilen. Es war das dritte Mal in dieser Woche, dass sie versucht hatte, mich in die Enge zu treiben, und obwohl es lustig war, mit ihr zu spielen, war das, was sie gerade tat, inakzeptabel. Nicht, dass ich es verdient hätte, aber Martha schon gar nicht. Sie hatte nicht einmal etwas damit zu tun. Kendall konnte mich so viel verarschen, wie sie wollte, aber Martha da mit hineinzuziehen und sie fast zu verletzen, überstieg die Grenzen der Lächerlichkeit, die ich bereit war, zu akzeptieren. Es war an der Zeit, dass sie die Konsequenzen dafür zog, ein beschissener Mensch zu sein.

Ich legte einen Zehner auf den Tisch und verließ das Diner ohne ein weiteres Wort. Die Tür klirrte, als sie hinter mir zufiel, und ich richtete meinen Blick auf Kendalls babyblauen Mustang.

Ein Anfall von Schadenfreude überkam mich, als mein innerer Dämon lächelte. Ich ging zu meinem Auto und schnappte mir Baseballschläger und Feuerzeug, die ich in der Fahrertür aufbewahrte.

Josh hätte dich warnen sollen, was passiert, wenn du mit dem Feuer spielst.

KAPITEL 2

»Du hast die Scheiben eingeschlagen und ihr Auto in Brand gesetzt. Es ist explodiert. Wie kannst du das leugnen, wenn wir achtundzwanzig – nein, tut mir leid – neunundzwanzig Zeugen haben, die dich gesehen haben?« Der Beamte lehnte sich in seinem Sitz zurück und rollte mit den Augen. Eine halbe Stunde nach der Tat hatten mich die Bullen abgeholt und in ihre Bruchbude von Polizeirevier geschleppt. Seit fünfzehn Minuten ging es nun für mich darum, meine Schuld einzugestehen und für Kendalls Auto zu bezahlen. Daraus würde verdammt noch mal nichts werden. Zumindest nicht kampflos.

»Sie könnten lügen.« Ich zuckte mit den Schultern, lehnte mich in meinem Stuhl zurück und legte meine Füße auf den Tisch. Meine Stiefel klapperten gegen die Metallplatte, als Schlamm- und Grasreste abfielen. Sie hatten sich nicht einmal die Mühe gemacht, mir Handschellen anzulegen, als ich verhaftet worden war, aber das war ja nichts Neues für mich. Joe und ich kannten uns beim Vornamen. Praktisch.

»Nimm deine verdammten Schuhe vom Tisch, Morningstar!«, schimpfte er. Heute schienen wir wohl wieder zum Nachnamen übergegangen zu sein. »Das hier ist kein Resort. Wenn sie Anzeige erstattet, wirst du eine Menge Ärger bekommen.« Joe schlug nach meinen Füßen, und ich zog sie vom Tisch, sodass schmutzige Schlieren auf der spiegelnden Oberfläche entstanden.

»Ich habe keine Angst vor Kendall. Sie hat bekommen, was sie verdient hat«, fauchte ich und verschränkte meine Arme vor der Brust. Joe stieß einen Seufzer der Verzweiflung aus und kratzte sich am Kopf.

»Du machst mir die Arbeit nicht gerade leicht, Ruby«, sagte er.

»Wo wäre denn da der Spaß?«, fragte ich und zwinkerte ihm zu. Der Mann hatte eine ziemlich durchschnittliche Statur für einen amerikanischen Mann über vierzig, der viel Zeit an seinem Schreibtisch verbrachte und Kriminelle mit geringer Priorität verhörte. Er hatte denselben stereotypen Körperbau, wie er in allen Filmen gezeigt wurde: das Hemd in die Hose gesteckt, mit einem zu kleinen Gürtel, der den überquellenden Bierbauch nicht verbarg. Mit seinem nicht gerade beeindruckenden Körperbau, dem weiter nach hinten rückenden Haaransatz und der krummen Nase, die er sich einmal zu oft gebrochen hatte, war Joe zu hundert Prozent menschlich. Er war auch der einzige Beamte, der mich nicht während des gesamten Verhörs mit seinen Augen entkleidete.

»Es geht auch nicht darum, Spaß zu haben. Du solltest dein Verbrechen zugeben und versuchen, einen Vergleich zu erzielen, bevor sie ihren Anwalt anruft. Warum machst du es mir immer so schwer? Hm? Was soll das bringen, wenn wir beide wissen, dass du die Strafe bezahlen wirst?« Ein scharfes Klopfen an der Tür unterbrach seine Befragung. Der Stuhl schrammte über die Fliesen, als Joe zurückrutschte und aufstand. Ich hörte aufmerksam zu, als der zweite Beamte sich zu ihm beugte und ihm mitteilte, dass meine Kaution bezahlt worden war. Er schob seine Zunge heraus und leckte sich über die Unterlippe.

Keine Chance, Kumpel! Ich grinste vor mich hin, als Joe sich wieder zu mir drehte und nichts von der stillen Auseinandersetzung mit dem perversen Polizisten mitbekam.

»Du hast Glück. Jemand hat deine Kaution bezahlt«, sagte Joe und schüttelte traurig den Kopf. Man musste ihm zugutehalten, dass er nicht wusste, was er mit mir machen sollte. Ich war mehr, als die meisten Menschen ertragen konnten. Wir Dämonen waren wankelmütige Geschöpfe.

»Sieht so aus, als hätte Moira meine Nachricht doch noch bekommen«, sagte ich. Moira war halb Todesfee und zufällig meine beste Freundin. Sie hatte nicht abgenommen, als ich angerufen hatte, aber ich hatte gewusst, dass sie sich melden würde, bevor ich allzu lange hier drinnen sitzen müsste. Das tat sie immer.

»Aha!«, sagte Joe und steckte sich die Zunge in die Wange, als hätte er noch mehr zu sagen. Der Beamte, der die Nachricht überbracht hatte, hielt die Tür auf, damit ich hindurchgehen und das Gebäude verlassen konnte. Er war zwar nicht riesig, aber stämmig und ließ mir absichtlich keinen Platz zum Durchgehen. Ich holte tief Luft und drückte mich an ihm vorbei, wobei ich ihm »versehentlich« den Ellbogen in den Bauch stieß. Der faulige Gestank von Alkohol und Körpergeruch ließ mich würgen.

Auf der anderen Seite der Tür ging ich den Flur entlang und unterschrieb die Entlassungspapiere. Solange Kendall nicht offiziell Anzeige erstattete, konnte ich nicht viel tun. Ich wusste, dass sie es tun würde. Und ich würde bezahlen müssen, denn so viel Spaß all das auch gemacht hatte ... ich hatte nicht vor, länger als nötig im Gefängnis zu sitzen. Aber ich bereute es nicht. Kendalls Gesichtsausdruck, als sie die Flammen gesehen hatte, war unbezahlbar gewesen. Pures Gold. Moira würde das gefallen.

Ich stieß die Tür auf und winkte den Jungs in Blau zum Abschied zu. Draußen roch die Luft erfrischend. Klar. Der Duft des Regens hing noch in den Wolken. Ich streckte mich träge, so wie eine Katze, die viel zu lange gesessen hatte. Ich musste etwas tun. Die Energie verbrennen, die nie zu verschwinden schien.

Ich drehte mich zu Moira, um ihr genau das zu sagen, aber meine Freundin war nicht diejenige, die an der Seite des Polizeireviers lehnte. Ein schwarzhaariger Teufel mit glühenden Augen stand dort, wo sie normalerweise wartete. Sein Haar war so dunkel, dass seine Haut aschfahl aussah. Als seine bernsteinfarbenen Augen zu meinen hinüberflogen, wurden mir die Kaffeeflecken auf meiner Kleidung sehr bewusst.

Reiß dich zusammen, Ruby! Seine lässige Anmut hatte nichts Menschliches an sich, als er sich von der Wand löste und auf mich zustürmte. Ein Dämon. Und kein schwacher, wie es aussah.

»Wer bist du?«, fragte ich und kniff die Augen zusammen.

»Ich habe dich gerade gegen Kaution aus dem Knast geholt. Ist das eine Art, mich zu begrüßen?« Seine Stimme triefte vor Arroganz. Vielleicht lag es an dem Designeranzug, den er trug, oder möglicherweise war er genauso mächtig, wie ich es vermutete. Auf jeden Fall gefiel mir sein Tonfall nicht.

»Ich weiß nicht, wer du bist, also wenn du nicht anfängst zu reden, sind wir hier fertig.« Ich verschränkte meine Arme vor der Brust und starrte ihn an. Seine Lippen verzogen sich zu einem leichten Grinsen. Ich kannte diesen Blick. Dieses sarkastische Lächeln, das ein Mädchen herabsetzen und erniedrigen sollte.

Die Worte *Leck mich am Arsch!* waren nur einen Atemzug entfernt.

»Mein Name ist Allistair.« Er trat noch einen Schritt vor, als er sprach; seine Stimme war sanft und melodisch, gleichzeitig aber auch dunkel und fesselnd. Sie war betörend. So lockte ein Incubus seine Beute an.

»Ich schätze es nicht, dass du versuchst, mich zu verführen. Das ist unhöflich, weißt du?« Noch während ich das sagte, legte er den Kopf schief und kam einen Schritt näher.

»Das hast du gemerkt? Ich dachte, ich wäre subtil«, säuselte er. Etwas in mir riet mir, wegzulaufen. Nicht, weil ich dachte, dass er mir wehtun würde, was definitiv der Fall war, sondern weil die Luft nach etwas Fremdem und Berauschendem schmeckte. Sein Duft haftete an mir, Ranken der Macht, die mich näher an sich heranziehen wollten. Er war ziemlich stark und wenn er mich berührte ...

Ich muss von hier verschwinden.

Es gab einen Grund, warum ich Dämonenmänner wie die Pest mied. Alles diesseits des Columbia River wurde von einer Kraft zu mir gebracht, die ich nicht kontrollieren konnte. Bei Dämonenmännern war sie viel stärker. Aber es waren nie Typen, die mich einfach laufen ließen.

Oh, nein! Sie würden mich verfolgen und mich trotz meiner Schnelligkeit einholen.

»Was willst du?«, fragte ich und glücklicherweise zitterte meine Stimme nicht. Er musterte mich von oben bis unten und mein Gesicht wurde heiß.

»Ich will, dass du mit mir kommst, Ruby.« Die Art, wie er meinen Namen aussprach, bereitete mir Magenschmerzen.

»Woher kennst du meinen Namen?«, fragte ich und schaute auf die Straße, als ein Auto um die Ecke bog. Moiras verbeulter alter Camry fuhr über den Bordstein und kam ruckartig zum Stehen.

»Das verrate ich dir, wenn du mit mir etwas trinken gehst«, sagte er. Seine Augen wanderten zum Auto und verengten sich, als ich mich darauf zubewegte.

»Da muss ich leider passen. Aber danke!«, sagte ich zu dem Fremden mit den bernsteinfarbenen Augen, als ich einstieg. Moira sagte kein Wort, als wir losfuhren.

Ich schaute in den Beifahrerspiegel, um zu sehen, ob der Dämon mir folgte, aber das tat er nicht. Allistair – falls das tatsächlich sein Name war – stand genau dort, wo ich ihn zurückgelassen hatte, und war sichtlich wütend. Er machte einen Schritt in unsere Richtung und selbst mit dem Abstand eines Parkplatzes zwischen uns ließ mich das erschaudern. Etwas sagte mir, dass dies nicht unsere letzte Begegnung gewesen war.

KAPITEL 3
ALLISTAIR

Sie hatte auch keinen Hinweis darauf gegeben, dass sie wusste, wer ich war.

Ich fluchte leise vor mich hin und ging zu meinem Auto. Der schnittige schwarze Audi R8 war das Einzige, was mir in den fast dreiundzwanzig Jahren, die ich darauf gewartet hatte, sie wiederzusehen, Freude bereitet hatte.

Aber sie erinnerte sich nicht an mich.

Der Gedanke versorgte mich mit einer Ladung Adrenalin, aber das Gefühl war nicht willkommen. Es brachte mich lediglich dazu, ficken oder kämpfen zu wollen. Ich raufte mir das Haar, als ich in das Auto stieg. Es hatte keinen Sinn, auf ein Mädchen zu warten, das nicht zurückkommen würde.

Ich ließ den Motor an und saß da, während er vor sich hin schnurrte. Der gleichmäßige Rhythmus beruhigte normalerweise meinen Instinkt, ein Weibchen zu jagen. Ruby war jedoch keine gewöhnliche Dämonin. Und hier ging es nicht um Sex.

In Gedanken suchte ich den Einzigen der drei, von dem ich glaubte, dass er es könnte, ohne es noch mehr zu versauen.

»Rysten.«

Ich fuhr vom Parkplatz und bog auf den Highway ab. Ich wollte nicht zurück zum Penthouse fahren, nur um zu berichten, wie schlecht es gelaufen war. Dass ich das Einzige vermasselt hatte, wozu ich in der Lage sein sollte.

»Wie ist es gelaufen, Kumpel?«

Wut umspielte meine erbärmliche Entschuldigung eines Herzens.

»Du bist dran.« Das war die einzige Antwort, die ich ihm geben konnte, als ich mit Vollgas auf die Interstate fuhr. Meine Finger krümmten sich um das Lenkrad.

»Willst du darüber reden?«

Ich rollte mit den Augen. Er hatte viel zu viel Zeit mit Menschen verbracht, wenn er glaubte, ich würde darüber reden wollen.

»Mach einfach deinen Job! Ich bin morgen zurück.« Ich schlängelte mich durch den Verkehr, als ich die Stadt verließ, und wollte nichts lieber, als umzukehren und zu dem Mädchen zurückzugehen.

Aber sie hatte keine Ahnung, wer ich war.

Oder was sie für mich bedeutete.

Für uns alle.

Es war so bestimmt, aber keiner von schien darauf vorbereitet zu sein, was wir vorfinden würden.

KAPITEL 4

Als ich am nächsten Nachmittag im *Blue Ruby Ink* ankam, schaute mich Moira kurz an und schüttelte den Kopf, wobei ihr dunkelgrünes Haar nach vorne fiel. »Du musst paranoid sein«, sagte sie.

»Warum sagst du das?« Ich stellte die beiden Kaffeebecher und die Papiertüte auf den Tresen. Sie starrte weiterhin auf meine Schulter, wo Bandit saß, die Schachtel mit Bauchnabelringen anstarrte und seine kleinen Pfoten aneinander rieb.

»Du hast den Müll-Panda mitgebracht«, grinste sie. Bandit sprang auf die Vitrine und suchte mit seinen gierigen Händen bereits nach dem schnellsten Weg hinein. Ich klopfte ihm auf die Schulter und wackelte mit dem Finger hin und her. Er verstand die Andeutung, schlang seine Arme um meinen Hals und hing dort wie ein großes Baby.

»Er ist kein Müll-Panda. Er ist ein Waschbär«, argumentierte ich und legte einen Arm um ihn. Die meisten

Leute hielten mich für verrückt, weil ich einen Waschbären hatte, während die meisten Tierhalter Hunde oder Katzen bei sich aufnahmen. Etwas Normales. Ich wollte weder einen Hund noch eine Katze. Ich hatte eigentlich keine Haustiere gewollt, bis mir eines Tages ein Baby-Waschbär von der Arbeit nach Hause gefolgt war. Seit zwei Jahren begleitete er mich nun – und war besser erzogen als die Kinder der meisten Leute. Abgesehen von dem gelegentlichen Beißproblem. Aber das machten Kinder doch auch, oder?

Moira zuckte mit den Schultern und schob den Barhocker neben sich beiseite. *Blue Ruby Ink* war das Tattoo-Studio, das wir gemeinsam eröffnet hatten, gleich nachdem sie ihr Studium an der Portland State abgeschlossen hatte. Ich kümmerte mich um Tattoos und Piercings, während sie alle Rechnungen und Termine erledigte und die Bücher führte.

»Also ... willst du darüber reden, was gestern passiert ist?«, fragte sie und blätterte in ihrem Planer. Ich lehnte mich auf dem Barhocker neben ihr zurück und nahm einen Schluck von meinem Kaffee. Stark und schwarz, genau wie ich ihn mochte.

»Da gibt es nicht viel zu sagen. Kendall hat Mist geredet, also habe ich ihr Auto angezündet.« Allein der Gedanke daran brachte mich zum Grinsen. Ich bereute es nicht, auch wenn ich für ein neues Auto bezahlen musste. Sie hatte es die letzten Monate über provoziert und es fühlte sich verdammt gut an, etwas von dem Hass zurückzuzahlen.

»Nicht das. Der Typ auf dem Parkplatz.«

Ich musterte sie von der Seite, aber sie hielt ihren Blick auf den Planer gerichtet. »Nur ein Typ, der meine Kaution bezahlt hat und mich auf einen Drink einladen wollte.«

»Was zum Teufel? Nur ein *Typ*, der deine *Kaution* bezahlt hat? Was hast du gesagt?«, stichelte sie. Subtil war sie nicht.

»Nein, natürlich.« Ich öffnete die Papiertüte und nahm einen großen Bissen von meinem Doppel-Schoko-Muffin. Kalorienzählen war etwas für Idioten. Man lebte nur einmal, da konnte man sich auch durchessen – das war zumindest meine Meinung dazu.

»Hältst du dich immer noch von Männern fern?«

»Kannst du mir das verübeln?«

Sie blickte stirnrunzelnd auf ihren Planer. »Nein, aber ich mache mir Sorgen, was mit dir passieren wird«, murmelte sie. Ich wollte gerade etwas dagegen sagen, als es an der Tür klingelte.

»Wie können wir helfen?«, fragte sie und sah immer noch nicht auf. Pech für sie, denn es gab eine ganze Menge zu sehen.

»Ich habe einen Termin mit Ruby«, sagte er. Ich war mir ziemlich sicher, dass ich einen blonden Adonis anstarrte, denn sein Gesicht könnte unmöglich noch schöner sein. Seine vollen Lippen kräuselten sich, und ich musste mich zusammenreißen, um mein Glotzen zu beenden.

»Name?«, fragte Moira und blätterte in ihrem Planer hin und her. Ich biss mir auf den Daumennagel und fuhr mit meiner Hand nervös über Bandits Fell.

»Rysten.«

»Ich habe keinen Rysten in der Liste«, sagte sie und nahm sich erst dann die Zeit, aufzusehen. Er würde nur ihre glänzende, herrlich neutrale Zedernhaut sehen, die ihre wahre mintgrüne Farbe verdeckte. Ich konnte hindurchsehen und bemerkte, wie sich ihre Wangen pistazienfarben färbten: die verräterischen Anzeichen für das Erröten einer Todesfee. Aber ansonsten schien sie sich von seiner Anwesenheit nicht weiter beeindrucken zu lassen. Im Gegensatz zu mir. Meine verräterischen, pastellweißen Wangen färbten sich beim kleinsten Anzeichen von Sonne, Verlegenheit oder Scham rot.

»Ich bin mir sicher, dass ich einen Termin gemacht habe. Kannst du noch mal nachsehen?«, fragte er. Seine Augen verließen mich nicht und er wirkte höflich und gutmütig. Andererseits galt dasselbe auch für den Dämon vor der Polizeiwache.

Moira wechselte von ihrem Planer zum Desktop und rief meinen Terminkalender auf. In der rechten oberen Ecke, dem ersten Termin des Tages, stand *Rysten*. Sie starrte stumm auf den Computer und blinzelte dreimal.

»Das war gestern noch nicht da«, sagte sie sachlich.

»Ich kann dir versichern, dass ich im Voraus gebucht habe«, sagte er. Er klang amüsiert. Warum, das wusste ich nicht.

»Wie weit im Voraus?«, drängte sie. Ich seufzte und stand von meinem Barhocker auf, um das Türchen zu öffnen und ihn in mein Büro zu begleiten.

»Mehrere Monate. Ich werde nur kurz in der Stadt sein«, fuhr er fort und bemerkte entweder ihre zusammengekniffenen Augen und den zuckenden Stift nicht – oder es war ihm einfach egal. Moira nahm ihre Zeitpläne sehr ernst. Sie holte mich unbekümmert aus dem Gefängnis ab, wenn ich ein Auto angezündet hatte, aber wenn man ihren Zeitplan durcheinanderbrachte, bekam man es mit einer schreienden Todesfee zu tun. Ich war nicht bereit, mein Trommelfell zu opfern.

»Moira, es ist alles in Ordnung. Ich kann ihn nach hinten bringen und eine Beratung durchführen. Es dauert nur eine Viertelstunde«, sagte ich, um die Spannung zu lösen. Sie zischte leise vor sich hin.

»Es geht nicht um die Beratung.« Als sie sich zu ihm umdrehte, schnauzte sie: »Was führt dich her, wenn du nicht lange in der Stadt bleiben wirst?« Ich fuhr mir mit der Handfläche über die Stirn und seufzte frustriert. Ich würde nicht sagen, dass sie normalerweise nett zu den Menschen war, denn sie hatte definitiv etwas Verrücktes an sich, aber normalerweise war sie nicht so aggressiv. Wenn sie Ärger witterte, war sie durch und durch dämonisch.

Rysten warf einen Blick auf sie und lächelte, als wäre sie ein fauchendes Kätzchen und nicht jemand, der ihm in Sekundenschnelle das Trommelfell platzen lassen könnte. »Ich bin wegen Ruby hier«, sagte er und richtete seine dunklen smaragdgrünen Augen auf mich. Die Intensität war verblüffend. Ich wich einen Schritt zurück. »Deine Tattoos sind der letzte Schrei in meiner Heimat. Ich wusste, dass ich sie mit eigenen Augen sehen muss«, ergänzte er und grinste mich jungenhaft an.

»Richtig«, sagte ich leise. Das peinliche Schweigen

dauerte einen Moment, bevor ich ihm ein Zeichen gab, mir zu folgen. Moira öffnete den Mund, um zu widersprechen, aber ich kam ihr zuvor. »Es ist eine Viertelstunde. Bitte, lass es gut sein! Ich könnte das zusätzliche Geld gebrauchen, um für Kendalls Auto zu bezahlen.«

Sie starrte mich an und verschränkte die Arme. »Gut! Wenn du zu spät zu deinem nächsten Kunden kommst, bist du selbst schuld.« Mit einem Nicken stimmte ich zu und schloss die Bürotür hinter mir.

Allein mit Rysten ließ ich mich hinter meinem Schreibtisch nieder, lehnte mich in meinem Stuhl zurück und verschränkte die Hände unter meinem Kinn zu einem Pfeil. »Ist das jetzt der Teil, in dem du mir erzählst, warum ich einen Dämon in meinem Büro habe, der mich um ein Tattoo bittet, das er gar nicht will?«

Mir gegenüber blinzelte Rysten und seine Augen schärften sich. Der Zauberschleier, der ihn umgab, flackerte kurz auf, aber dann war er wieder fast nicht mehr zu erkennen. Er war gut, das musste ich ihm lassen. Fast so gut wie Moira, die ihre grüne Haut verstecken konnte. Sein Körper schimmerte leicht. Es war kein physischer Schleier, sondern ein psychischer.

»Cleveres Mädchen! Was hat mich verraten?«, fragte er und das träge Lächeln war wieder da, als hätte es sein Gesicht nie verlassen. Er mochte aussehen, als käme er gerade vom Strand, aber diese unbekümmerte Fassade würde mich nicht täuschen. Dämonen waren von Natur aus keine unbeschwerten Geschöpfe. Die Tatsache, dass er sich selbst verschleiert hatte, bedeutete, dass er etwas verheimlichte.

Ich verzog meine Lippen zu einem neutralen Lächeln. »Ich kann doch nicht alle meine Karten aufdecken, oder? Ich weiß immer noch nicht, warum du hier bist.« Ich war nicht schwach, aber ich war auch nicht außergewöhnlich. Ich musste meine Kräfte erst noch entfalten, wenn ich das überhaupt jemals tun würde, und ohne wirkliche Begabungen neigte ich dazu, von anderen, stärkeren Dämonen als Beute angesehen zu werden. Es half auch nicht, dass die einzige wahre Macht, die ich hatte, darin bestand, dass alles, was einen Schwanz hatte, mich wollte. Ob dies nun auf Gegenseitigkeit beruhte oder nicht. Am besten, ich verärgerte niemanden zu sehr, bis ich wusste, womit ich es zu tun hatte.

»Ich habe dir schon gesagt, warum ich hier bin, Liebes«, sagte er freundlich. Ich runzelte die Stirn und kratzte Bandit hinter den Ohren, um meine Hände zu beschäftigen. »Deinetwegen.«

»Das habe ich mir schon zusammengereimt. Was ich nicht weiß, ist, *warum*.«

»Das kann ich dir leider noch nicht sagen«, antwortete Rysten entschuldigend. »Ich wollte dich erst kennenlernen. Bevor die anderen sich einmischen.« Er rollte genervt und in einer sehr menschlichen Geste die Augen.

»Die anderen?«

»Das kann ich dir auch nicht erklären. Sie wollen es gemeinsam tun«, antwortete er und nahm meine Haltung achselzuckend hin. Er war nervtötend. Noch ein Grund mehr, sich von ihm fernzuhalten.

»Warte ... Hat dein Besuch etwas mit dem Widerling

zu tun, der gestern Abend vor der Polizeiwache gewartet hat?« Ich hätte wahrscheinlich weniger direkt sein können, aber es war zu seltsam, um die Möglichkeit nicht zu übersehen.

Rysten schnaubte. »Allistair?« Ich nickte einmal. »Ich freue mich schon darauf, ihm diese Nachricht zu überbringen.« Verdammt noch mal! Sie kannten sich. Sein Besuch war also kein Zufall, aber ich hatte nicht das Gefühl, dass es etwas damit zu tun hatte, dass sie mich dominieren wollten. Unsere Art war nicht gerade zimperlich in ihren Bemühungen, und wenn sie das wollten, würde dieses Gespräch wohl ganz anders verlaufen.

Bandit schnurrte gegen meine Brust und drückte mich fester an sich. Ich blickte nach unten und sah, dass sein Schwanz hin und her wippte. Er war entweder glücklich ... oder genervt. Ich hoffte, dass er glücklich war, denn sich mit einem beißenden Waschbären herumzuschlagen, stand nicht auf der Liste der Dinge, mit denen ich mich heute beschäftigen wollte.

Rysten beäugte ihn, rümpfte die Nase und sagte: »Ich muss das fragen. Warum hast du einen Waschbären?«

Ich schürzte meine Lippen angesichts des leichten Ekels in seiner Stimme. »Warum hat jemand ein Haustier?«, fragte ich. Das war rhetorisch, aber er legte den Kopf schief, als würde er ernsthaft über meine Frage nachdenken.

»Ich nehme an, um der Gesellschaft willen. Das ist der einzige Grund, warum ich mir vorstellen kann, dass jemand ein wildes Tier aufnimmt.« Das war eine durchdachte, aber auch sehr typische Dämonenperspektive. Wir konnten die meisten Dinge zwar verstehen, aber nicht nachempfinden. Meine Bindung zu Bandit war ungewöhnlich, aber ich schob es einfach auf den Halbmenschen in mir und ließ es dabei bewenden. »Er scheint dich sehr zu mögen«, bemerkte Rysten.

»Das tut er.«

Ich hielt seinen Blick fest und eine Welt stiller Fragen schwamm zwischen uns. Ich wollte wirklich wissen, was er hier zu suchen hatte, aber er schien sich damit zufriedenzugeben, mich zu beobachten und meinen Fragen auszuweichen. »Du bist nicht das, was ich erwartet habe«, sagte er schließlich. Ich legte meinen Kopf schief und hob eine Augenbraue. Bevor ich nachfragen konnte, klopfte es an meine Tür.

»Dein erster Kunde ist da«, rief Moira. Ich tippte Bandit auf die Schulter und bedeutete ihm, herunterzuspringen. Er huschte über den Boden und auf den riesigen Katzenturm, den ich in meinem Büro stehen hatte, wenn ich ihn mit zur Arbeit nahm. Die meisten Menschen mochten Waschbären nicht besonders – und in seinem Fall beruhte das Gefühl auf Gegenseitigkeit.

Rysten stand auf, und ich trat um den Schreibtisch, um die Tür zu öffnen. Meine Hand verharrte auf dem Türknauf, als ich ihm gegenüberstand. Ich war bereit, ihn noch einmal zu fragen, warum er hier war, vielleicht sogar ein wenig Überzeugungsarbeit zu leisten, in der Hoffnung, eine echte Antwort zu bekommen. Aber etwas in seinen Augen ließ mich erstarren. Mein Mund wurde trocken angesichts der Intensität, mit der er mich ansah:

so ähnlich wie der Dämon von gestern Abend und doch so anders. Allistair war rau und strahlte einen Hauch von Gefahr aus, die an Dominanz grenzte. Ich hatte keine Zweifel daran, dass hinter dem Incubus mehr steckte als die kalte Arroganz, die er verströmte.

Rysten hatte ein anderes Wesen. Zu seiner Macht gesellte sich Neugier, als wäre ich das Rätsel, das er nicht lösen konnte. Sein Schleier war immer noch an Ort und Stelle; er hatte ihn noch nicht ein einziges Mal fallenlassen. Dahinter verbarg sich ein Energiefluss, fast wie eine Welle der Macht, die er zu bändigen suchte.

Welche Art von Dämon bist du?

Er streckte die Hand aus, bis seine Finger nur wenige Zentimeter von meinem Gesicht entfernt waren, doch ein Klopfen an der Tür brachte den Moment abrupt zum Stillstand.

Seine Hand fiel an seine Seite und ein jungenhaftes Lächeln erhellte sein Gesicht, als sich die Spannung löste. Ich öffnete die Tür und trat hindurch.

»Bis bald, Ruby«, murmelte er. Ich wandte mich zu ihm, um mich zu verabschieden, aber er war schon weg. Seine Worte hingen in der Luft, ein Versprechen, das meine Haut vor Vorfreude heiß werden ließ.

Ich war so was von erledigt. Und ich wusste nicht einmal, warum.

KAPITEL 5

RYSTEN

ICH WEISS NICHT, WAS ICH ERWARTET HATTE, NACHDEM Allistair die Fackel an mich weitergegeben hatte, aber sie war es nicht.

Sie war misstrauischer, als ich es mir vorgestellt hatte. Zynischer. Sarkastischer.

Ich konnte verstehen, warum sie seine Art nicht mochte.

Sie war sehr unabhängig, so viel war klar. Sie mochte es nicht, wenn man ihr sagte, was sie zu tun hatte, und da sie keine Ahnung hatte, wer wir waren, würde unser Plan nicht wie geplant laufen.

Das Mädchen, das ich gerade erst kennengelernt hatte, würde nicht alles stehen und liegen lassen und mit uns kommen. Sie hatte ein Leben, wenn auch ein seltsames, da sie sich Ungeziefer als Haustier hielt.

Ganz zu schweigen von der Empfangsdame.

Die Todesfee war misstrauisch. Sie wusste, dass ich den Termin nicht gebucht hatte. Das würde problematisch werden. Ich bog an der Ecke links ab und ging in den ersten Coffeeshop, den ich fand. Ich bestellte eine mittlere Röstung mit zwei Stücken Zucker, setzte mich ans Fenster und wandte mich in Gedanken an Julian.

»Wir müssen reden.« Das würde ihm nicht gefallen, aber was sollten wir denn tun? Sie gewaltsam mitnehmen? Nein! Es musste mit Taktgefühl geschehen; etwas, das mein Bruder nicht hatte.

»Ich treffe mich mit Allistair. Was gibt es?«, antwortete er. Ich hoffte inständig, dass Allistair ihm erzählt hatte, wie das ursprüngliche Treffen abgelaufen war, sonst könnte er versuchen, mich zu erdrosseln.

»Ich habe mich mit Ruby getroffen. Wir müssen reden ...«
»Was meinst du mit ›du hast dich mit ihr getroffen‹?«

Nun. Damit war das geklärt. Der schmollende Wichser hatte nicht daran gedacht, ihn zu benachrichtigen, als die Sache schiefgegangen war. *»Sprich mit Allistair! Komm zu mir, wenn du fertig bist! Ich ändere den Plan.«* Ich spürte einen kurzen Moment der Wut, bevor er sich wieder abwandte.

Ich nippte an meinem Kaffee und genoss das bittere Brennen.

Wir hatten sie. Sie war genau hier.

Aber in dem Moment, in dem sie mich angesehen und meinen Schleier herausgefordert hatte, war mir bewusst geworden, dass wir in Schwierigkeiten steckten.

Hinter ihren Augen funkelte der Teufel und sie merkte es nicht einmal.

KAPITEL 6

Der Nachmittag verging wie im Flug, während ich über Rystens Abschiedsworte nachdachte: *bald*. Das konnte vieles bedeuten, und ich war mir ziemlich sicher, dass wir bei unserer nächsten Begegnung nicht allein sein würden. Er hatte erwähnt, dass es ... *andere* gab. Darunter auch der, den ich bereits kennengelernt hatte. Der Gedanke daran ließ mir einen Schauer über den Rücken laufen.

»Moira!«, rief ich und sie steckte ihren Kopf durch die Tür meines Büros. »Mein Kalender ist leer, richtig? Dann mache ich jetzt Feierabend. Ich fühle mich nicht ganz wohl.« Das war keine komplette Lüge. Ich fühlte mich wirklich seltsam, wenn auch nicht kränklich.

Moira verengte ihre blaugrünen Augen. »Das hat doch nichts mit dem Typen von heute Morgen zu tun, oder?«, fragte sie.

Neugierige Todesfee!

»Warum sollte es etwas mit ihm zu tun haben?«,

fragte ich, um eine möglichst gute Nicht-Antwort zu geben. Ich mochte es nicht, sie anzulügen, aber ich war im Moment nicht in der Lage, ein Verhör durchzuhalten.

»Du verhältst dich seltsam, seit er weg ist.«

Seltsam. So könnte man es auch ausdrücken. Ich flippte verdammt noch mal aus. Ich wusste nicht, was los war, aber das wollte ich ihr gegenüber nicht erwähnen. Es war eine Sache, dass ich mir Sorgen machte, dass Rysten und wahrscheinlich auch Allistair aus irgendeinem Grund wieder auftauchen würden. Eine ganz andere Sache war es, Moira in diesem Prozess zu beschwichtigen. Sie war besitzergreifend. Sie würde sie zur Strecke bringen, wenn sie glaubte, dass sie mir etwas antun wollten.

Nein. Solange ich nicht wusste, was sie wollten, würde ich sie nicht mit einbeziehen.

Ich zog meine Mundwinkel zu einem müden Lächeln hoch und ging los, um Bandit aus seinem Versteck im Katzenturm zu holen. Er sprang förmlich auf mich zu und schlang seine Arme um meinen Hals wie ein Faultier um einen Baum. »Bandit ist heute etwas unruhig. Ich dachte, es würde helfen, ihn aus dem Haus zu holen, aber das ist nicht der Fall.« Ich zuckte mit den Schultern und ging zur Tür, in der Hoffnung, dass sie sich damit zufriedengeben würde. Im Universum der Nicht-Lügen war diese Gold wert. Moiras Augen wanderten zu Bandit und wurden sofort ein wenig weicher. Innerlich musste ich kichern. Sie konnte ihn einen Müll-Panda nennen, so viel sie wollte, aber ich kannte die Wahrheit. Er war ihr ans Herz gewachsen.

»Hol ihm eine Dose Sardinen! Das wird schon wieder«, sagte sie unbekümmert. Bandit fing bei der Erwähnung seines kleinen Lieblingsfisches an zu schnattern. Verdammter Waschbär! Essen war immer die oberste Priorität. Jetzt würde er mir den ganzen Heimweg über ins Ohr jaulen.

Ich schnappte mir meine Handtasche vom Schreibtisch und ging los. »Wir sehen uns zu Hause. Vergiss nicht, abzuschließen!« Mit einem strengen Blick und einem Wink mit dem Stift scheuchte sie uns hinaus.

Draußen traf mich die kühle Oktoberluft mit voller Wucht und meine Zähne klapperten, während mein Atem weißen Nebel erzeugte. Bandit schmiegte sich enger an mich und schwang seinen Schwanz wie einen Schal um meinen Hals. Ich verschränkte die Arme, um mich warmzuhalten, und umklammerte meine Handtasche fester, als ich die Gasse zum Parkplatz hinunterging. Der ominöse dunkle Himmel war regenschwer und wartete darauf, sich zu öffnen. Ich stapfte weiter durch die graue Tristesse und zuckte zusammen, als eine große Ratte an mir vorbei in den Abwasserkanal huschte.

Mein Atem kam in heißen, schweren Stößen, als ich stehenblieb. Die Paranoia nagte an meinem ohnehin schon angeschlagenen Verstand. Ich warf einen flüchtigen Blick hinter mich, nur um mein klopfendes Herz zu beruhigen.

Klick.

Das falsche Ende einer Glock 19 drückte gegen meine Stirn.

»Gib mir dein Portemonnaie!«, sagte er. Mein

Angreifer konnte nicht älter als zwanzig sein. Der Kapuzenpullover, den er trug, war nicht im Geringsten unauffällig. Schwarze und weiße Totenköpfe bedeckten das verdammte Ding, als ob sie Angst einflößen sollten, aber wie konnte man Angst vor jemandem haben, der seinen Nasenring wie eine Kuh trug? Ich konnte das Kichern nicht unterdrücken, das meinen Lippen entwich.

»Du lachst? Worüber lachst du, Schlampe?« Er fuchtelte mit seiner anderen Hand in einer Art Gang-Symbol herum, und es sah verdächtig nach dem Zeichen für »aus dem Schneider« aus. Ich könnte nicht einmal so tun, als wäre es nicht lächerlich, wenn mein Leben davon abhinge. Offensichtlich.

»Hey! Ich sagte, warum zum Teufel lachst du?« Er erhob seine Stimme und bewegte die Waffe, als wollte er mir den Kolben an den Kopf knallen.

Bandit mochte die meisten Leute nicht und duldete ganz sicher keine Möchtegern-Schläger, die mich angriffen. In der Zeit, die der Typ brauchte, um seine Hand zurückzuziehen, stürzte sich mein Waschbär auf ihn und landete mit ausgefahrenen Krallen und fletschenden Zähnen auf seinem Gesicht.

Ich griff nach dem Handgelenk der Hand, die die Waffe hielt. Auf keinen Fall wollte ich zulassen, dass er das Ding blindlings abfeuerte. Er schrie auf, während Bandit ihm in die Nase biss.

»Scheißkerl!«, schrie er.

Ja, Junge, du bist ein verdammter Scheißkerl! Ich rammte ihm mein Knie in die Leistengegend. Als ich zur

Seite trat, fiel er nach vorne, verlor den Griff um die Waffe und ließ sie zu Boden fallen.

»Das reicht jetzt«, sagte ich zu Bandit. Selbst zischend und spuckend hörte er auf mich und löste sich vom Gesicht des Jungen. Mit beachtlicher Wucht schlug ich meinen Ellbogen auf seine Schädelbasis. Er stieß einen dumpfen Schrei aus und sackte bewusstlos auf dem Boden zusammen.

Ich hockte mich hin und hob die Waffe auf. Hoffentlich hatte das dem Jungen eine Lektion erteilt, aber vorsichtshalber konfiszierte ich die Waffe. Wir konnten es nicht gebrauchen, dass er in den Gassen herumlief und Leute umbrachte. Wenn ich ein unbarmherziger Dämon wäre, würde er diese Begegnung nicht lebend verlassen.

Ich griff hinüber und drehte seinen Kopf auf die Seite. Der Punk hatte ein paar ziemlich heftige Kratzer abgekommen, die genäht werden mussten, und seine Nase fehlte. Ich schaute zu Bandit hinüber. Neben ihm lag das Stück der Nase des Jungen, in der noch der Kuhring steckte.

Autsch! Mit einer Hand kramte ich mein Handy aus der Tasche und wählte den Notruf.

»Vermittlung. Was ist Ihr Notfall?« Ich ratterte den Standort der Straße herunter und ließ es dabei bewenden. Die Polizisten würden ihn bald finden und in ein Krankenhaus bringen, wo man ihm die Nase wieder annähen würde. Ich wollte keine Schuldgefühle wegen seiner Verletzungen haben. Ja, er hatte mich ausrauben wollen. Ich bezweifelte ernsthaft, dass er mich getötet hätte, aber wer wusste das schon?

Ich seufzte und ließ die Schuldgefühle los, während ich mich zu Bandit umdrehte. Mit gefletschten Zähnen zischte er immer noch den bewusstlosen Jungen an. Er bemerkte mich erst, als ich ein oder zwei Schritte näherkam und beide Hände mit geöffneten Handflächen ausstreckte.

»Komm her, Junge!«, murmelte ich. Ich machte kleine *Shh*-Laute, bis er sich so weit beruhigt hatte, dass er meinen Arm hinauflief und sich auf meine Schulter setzte. Die Stacheln seiner Krallen schmerzten ein wenig, aber ich ignorierte sie, während ich mich wieder aufrichtete.

Ich nahm meine Handtasche und steckte die Waffe in meinen Hosenbund, bereit, nach Hause zu gehen und diesen Tag zu beenden. Als ich mich umdrehte, um die Gasse zu verlassen, sah ich, dass Rysten sein Versprechen eingelöst hatte. In seiner Begleitung befanden sich Allistair und ein weiterer männlicher Dämon, der selbst aus mehreren Metern Entfernung eine enorme Kraft ausstrahlte.

Mist!

»Hey, ihr ...«, sagte ich unbeholfen und versuchte herauszufinden, wie ich nach der Waffe greifen konnte, ohne aufzufallen. Im Gegensatz zu dem Jungen, der mich angegriffen hatte, war ich klug genug, um zu wissen, wann ich unterlegen war.

Sie kamen auf mich zu und ich griff in Panik nach der Waffe.

Ich hielt sie hoch und zielte auf die drei, ohne zu merken, wie viel Raum sie durchquert hatten, während ich damit beschäftigt gewesen war, die Waffe zu zücken. Nur einen Meter vom Lauf entfernt, umringten sie mich in einem Halbkreis.

»Kommt nicht näher!«, sagte ich. Meine Hände zitterten sichtlich und ließen den Pistolenlauf unruhig hin und her wackeln.

»Wir sind nicht hier, um dir wehzutun, Ruby«, sagte Rysten. Er hob seine Hände, um zu zeigen, dass er sich ergeben hatte, aber ich war nicht dumm. Jeder Dämon, der etwas auf sich hielt, brauchte seine Hände nicht.

»Wer seid ihr und warum zum Teufel verfolgt ihr mich?«, forderte ich sie heraus und schwang die Waffe in Richtung Allistair, als der einen Schritt näherkam. Er sah noch genauso aus wie gestern, mit seinem maßgeschnei- derten Anzug und dem gestylten Haar. Aber seine Augen ... Er wirkte sauer. *Na toll' Ich werde das Abendessen des Incubus sein.*

»Ruby, es ist Zeit, sich zu beruhigen«, sagte Allistair. Seine Augen leuchteten bernsteinfarben und eine plötz- liche Erleichterung machte sich in mir breit. Ich senkte den Kopf der Waffe langsam, bis sie auf sein Knie statt zwischen seine Augen gerichtet war. »So ist es gut, beru- hige dich einfach! Es wird alles wieder gut.« Die Schläf- rigkeit verstärkte sich, und erst Bandits Zischen brachte ein wenig Klarheit zurück.

»Hör auf, mich zu manipulieren, Dämon, oder ich schieße dir deine verdammte Kniescheibe weg!«, drohte ich, wohl wissend, dass er mich wahrscheinlich umbringen würde, bevor es dazu käme.

»Allistair, geh zurück! Du machst sie nervös«, sagte der Dritte. Ich drehte mich zu ihm und war erstaunt, wie ähnlich er und Rysten sich waren. Sein Haar war so hellblond, wie ich es noch nie gesehen hatte; so blond, dass man es für weiß halten könnte. Sie hatten dieselben dunkelgrünen Augen und helle Haut, aber während Rysten wie der heiße Junge von nebenan aussah, war dieser Typ von einer intensiven Schönheit. Seine Wangenknochen waren schärfer. Seine Zähne weißer. Seine Haut hatte keinen einzigen Makel, und die Kraft, die von ihm ausging, wollte sich nicht in Grenzen halten. Sie konnte nicht eingedämmt werden. Diese Erkenntnis war alles, was ich benötigte, um den Lauf der Waffe von Allistair auf den unbekannten Mann vor mir zu richten. Panik stieg in mir auf, als der Schwall der Macht mich zu verschlingen drohte und mir das Atmen schwer machte. Bandit zitterte an meiner Schulter. Seine Angst verzehrte mich und nährte meine eigene.

Ohne es zu merken, drückte ich ab und schoss ihm genau zwischen die Augen.

Er zuckte nicht einmal mit der Wimper, als die Kugel aus seinem Kopf flog und auf den Asphalt prallte. Die Waffe glitt mir aus den Fingern und ich stieß die einzigen Worte aus, die ich noch zustande brachte.

»Wer bist du?«

»Die Welt kennt mich als Tod, aber du kannst mich Julian nennen.«

Heilige! Scheiße! Ich glaube, mein Gehirn hatte gerade einen Kurzschluss.

»Ist das die Stelle, an der du mich tötest?«, platzte ich heraus. Ich konnte die Wortkotzerei, die danach kam, nicht verhindern. »Denn, wenn du das vorhast, dann tu Bandit bitte nicht weh! Er ist ein guter Waschbär, wirklich. Meine Freundin Moira sagt, dass sie ihn nicht mag, aber sie mag ihn wirklich und sie würde sich um ihn kümmern und alles …«

»Wir sind nicht hier, um dich zu töten, Ruby«, sagte Rysten.

»Was?«, fragte ich und sah zwischen den drei Gesichtern hin und her. Mein Blick landete auf dem Typen, den ich erschossen hatte. *Julian.*

»Wir sind hier, um dich zu beschützen, Ruby, und das bedeutet, dass wir jetzt hier wegmüssen«, sagte er.

»Damit ihr mich entführen könnt«, stellte ich unverblümt fest. Allistair knurrte leise, sodass ich zurücksprang. Julian kniff sich in den Nasenrücken und seufzte. In der Ferne ertönten Sirenen.

»Nein, weil du die Polizei gerufen hast, um dem wertlosen Menschen zu helfen«, sagte Julian. Ich blinzelte und merkte erst dann, worauf er hinauswollte. »Du willst doch nicht mit deinem Waschbären, der dem bewusstlosen Menschen die Nase abgerissen hat, und einer Waffe in der Hand hier gefunden werden, oder?«, fuhr er langsam fort, als würde er einem Kind Anweisungen geben.

»Richtig!«, sagte ich. Ich hob die Waffe auf, sicherte sie und steckte sie in meinen Hosenbund. Rysten bückte sich, sammelte die Kugel ein und steckte sie in seine Tasche.

»Alles in Ordnung, Liebes?«, fragte er. Ich blickte zu ihm auf und verschränkte die Arme vor der Brust.

»Hör auf damit, Rysten! Wir müssen sie nach Hause bringen«, sagte Julian. Ich schaute ihn ungläubig an.

Mich nach Hause bringen?

»Ich kann mich schon selbst nach Hause bringen«, sagte ich steif.

»Nein!«

Nein? Für wen zum Teufel hielt er sich?

Ich öffnete meinen Mund, um zu argumentieren, und er trat in meine Blase der vermeintlichen Sicherheit. In der Nähe dieser kalten Gestalt, dieser rohen Kraft, die auf mich herabstarrte, versiegte jedes Wort, noch bevor es über meine Lippen kam.

»Du hast zwei Möglichkeiten: Entweder ich werfe dich über meine Schulter und trage dich zu dir nach Hause oder wir fahren dorthin. Deine Entscheidung«, sagte er.

Machte er Witze? Nein, das war definitiv kein Scherz.

»Fahren!«, stieß ich hervor. Ich glaubte, den Hauch eines Grinsens auf seinem Gesicht zu erkennen, als wir die Gasse verließen.

KAPITEL 7
JULIAN

Sie hat auf mich geschossen.

Und dann um das Leben eines Waschbären gebettelt.

Ich wusste nicht, ob ich amüsiert oder frustriert sein sollte. Rysten hatte nicht unrecht gehabt. Sie war nicht das, was ich erwartet hatte. Fast dreiundzwanzig Jahre lang hatten wir sie versteckt. Vor allen. Einschließlich uns selbst. Es wäre töricht, zu glauben, dass wir sie kennen oder gar verstehen würden, nachdem wir sie auf der Erde bei den Menschen zurückgelassen hatten.

Es verging kein Tag, an dem ich mich nicht darauf freute, sie endlich zu erwischen.

Aber ich hatte nicht erwartet, dass ich den Verlust der Zeit betrauern würde.

Wir hatten sie lediglich kurz gesehen. Sie war nur ein Baby gewesen, nicht einmal eine Stunde alt, bevor ihre Mutter sie mitgenommen hatte. Jetzt ...

Ich konnte es nicht leugnen. Sie war erwachsen geworden.

Ich drehte den Rückspiegel in ihre Richtung und diese strahlend blauen Augen trafen meine. In der Mitte waren sie so hell, fast weiß, aber sie entzündeten sich in kobaltblaue Flammen, bevor sie zu Schwarz verblassten. Ich weiß nicht, wie sie sich so lange versteckt hatte, obwohl der dunkle Blick in ihren Augen geradezu nach Ärger schrie.

Ruby war kein kleines Mädchen, und wir hatten sie auch nie als solches kennengelernt. Sie war eine erwachsene Frau. Nein, sie war eine erwachsene Dämonin, die ihre Verwandlung noch nicht hinter sich hatte. Das machte sie verletzlich. Sie konnte mich mit ihren Schlafzimmeraugen anstarren, so viel sie wollte. Es war unsere göttliche Pflicht, sie zu beschützen. Sie zu bewachen.

Die anderen würden sich vielleicht ablenken lassen, aber ich nicht.

Selbst, wenn ein einziger Blick von ihr mich hart werden ließ.

KAPITEL 8

Ich saß auf dem Rücksitz meines eigenen Autos und die Stille erdrückte mich. Julian hatte darauf bestanden, zu fahren. Mit einem Blick hatte er mich dazu gebracht, ihm die Schlüssel für meinen 1995er VW Käfer zu geben ... und dann den Sitz so verschoben, dass ich hinten einsteigen konnte. Das war wahrscheinlich das Beste, denn Bandit saß auf meinem Schoß, aber das wollte ich ihnen nicht sagen.

Wenigstens konnte ich mir aussuchen, wer hinten mitfuhr. Nicht, dass mich das wirklich gerettet hätte. Rysten war genauso riesig wie die anderen beiden und presste seinen Oberschenkel fest an meinen. Als ob das nicht schon genug wäre, um mir Unbehagen zu bereiten, ließ er seine Augen nicht von mir. Julian hatte den Rückspiegel absichtlich so eingestellt, dass er mir zugewandt war und nicht der Heckscheibe, und ich spürte seinen ständigen Blick auf mir. Vielleicht hatte er einfach keinen

Selbsterhaltungstrieb wie ich, denn selbst eine Kugel im Kopf brachte ihn nicht aus der Fassung. Wenn ich vorher nicht rot gewesen war, wurde ich es jetzt definitiv.

Ich konnte nicht glauben, dass ich ihn angeschossen hatte. Und dass ich noch lebte.

»Wollt ihr mir nicht endlich sagen, wer zum Teufel ihr seid?«, fragte ich schließlich. Bandits Frustration sickerte durch und ich war nervös. Er mochte all die Fremden in unserem Auto genauso wenig wie ich.

»Bald«, sagte Julian. »Wir erklären es dir, wenn wir bei dir zu Hause sind. Laran ist schon fast dort.«

»Warte! Wer ist Laran?«

Wahrscheinlich hätte ich mich mehr darüber aufregen sollen, dass sie wussten, wo ich wohnte, aber wenn man berücksichtigte, dass Allistair mich aus dem Gefängnis geholt hatte, bevor Moira die Chance dazu bekommen hatte, war das nicht wirklich überraschend.

»Ein weiterer Rei...« begann Rysten, bis Julian ihn anfunkelte. »Du wirst ihn noch früh genug kennenlernen. Er ist ein Freund.«

Na toll! Noch einer. Klasse! Ich schätze, das war's dann wohl.

Ich lehnte mich wieder zurück, drückte Bandit enger an mich und streichelte sein Fell, um ihn zu beruhigen. Blut benetzte meine Kleidung, wo er sein Gesicht und seine Pfoten abgerieben hatte. Ich war froh, dass es nicht von ihm stammte, aber ich wollte nicht darüber nachdenken, woher es gekommen war. Ich wohnte fünfzehn Minuten vom Tattoo-Studio entfernt, aber es fühlte sich an, als würden wir doppelt so lange brauchen, um dorthin zu kommen. Als wir in meine Einfahrt bogen, verflog der Schock, als ich meinen schäbigen Ex-Freund erblickte.

Das Auto kam zum Stehen, aber niemand in meiner Begleitung machte Anstalten, auszusteigen. Julian und Allistair tauschten vor mir einen Blick aus, als würden sie ernsthaft in Erwägung ziehen, mich im Auto zu behalten. Äh ... daraus würde nichts werden!

Es überraschte mich nicht, dass Josh die Frechheit besaß, ans Fenster zu klopfen. Allistair reagierte nicht. Stattdessen sagte Rysten, der, von dem ich dachte, er sei der Unbekümmerte von den dreien: »Wir sollten ihn loswerden.«

»Wenn ihr mich rauslasst, kümmere ich mich um ihn«, sagte ich. Der Gedanke, ihn »loszuwerden«, gefiel mir zwar genauso gut wie die Idee, Kendalls Auto anzuzünden, aber ich hatte schon genügend Ärger mit der Polizei.

Sie warfen sich noch einen Blick zu, aber erst als Julian mit den Schultern zuckte, stiegen er und Allistair tatsächlich aus dem verdammten Auto aus. Allistair hielt mir schweigend den Sitz vor. Das wäre eine nette Geste gewesen, aber er ließ mir kaum Platz. Als ich gezwungen war, seinen Anzug zu streifen, raste meine Libido bereits auf Hochtouren. Ich hatte nicht einmal seine Haut berührt. Nur seinen Anzug. Sein Duft erfüllte meine Nasenlöcher und erzeugte ein Kribbeln ...

Als ich auf meinen eigenen Füßen vor dem Auto stand, atmete ich schwer, und das hatte nichts mit der körperlichen Anstrengung zu tun. Ich starrte ihn und sein arrogantes Grinsen an.

»Hi, Ruby!«, sagte Josh und lenkte meine Aufmerksamkeit auf sich. Ich wandte meinen Blick zu ihm, und was ich sah, war enttäuschend.

Bei unserem Kennenlernen hatte er dieses ganze Lost-Souls-Ding am Laufen gehabt. Er hatte sein Haar lang getragen und in einer Band gespielt. Ich hatte ihn nie geliebt, aber er war ein guter Zeitvertreib gewesen, bis Kendall ihre Krallen in ihn geschlagen hatte. Wenn ich ihn jetzt anschaute, sah ich einen anderen Menschen. Dieser Josh trug Poloshirts und Laufschuhe. Sein Haar war kurz und nach hinten gegelt, und das Parfüm, das er trug, reichte aus, um mich zum Würgen zu bringen.

»Was willst du?«, fragte ich. Ich konnte die Müdigkeit in meiner Stimme hören. Um ehrlich zu sein, war ich verdammt erschöpft nach dem Adrenalinrausch, den ich heute schon erlebt hatte. Für ihn hatte ich keine Energie mehr übrig.

»Ich wollte reden ...«, begann er langsam und warf einen gezielten Blick auf die drei Jungs, die hinter mir standen. Ich musste nicht einmal hinsehen. Spannung lag in der Luft. Ich konnte sie spüren.

»Ich habe dir nichts zu sagen.« Bandit knurrte ihn von seinem Platz auf meiner Schulter aus an. Josh wurde blass, aber er wich nicht zurück. Ich seufzte. Idiotischer Junge!

»Das kann nicht stimmen, Ruby. Du hast das Auto meiner Freundin in die Luft gejagt. Ich weiß, dass du immer noch Gefühlte für mich hast«, sagte Josh und ging sogar einen Schritt auf mich zu. Ich wollte nicht zurückweichen, weil das schwach wirken würde. Aber ich hatte Angst, Bandit könnte ihn tatsächlich angreifen. Er hatte Josh noch nie gemocht und jetzt wollte er mich unbedingt beschützen ... und ihn loswerden.

»Das liegt daran, dass deine Freundin eine Schlampe ist. Verwechsle die Fakten nicht!«, sagte ich trocken.

Ohne Vorwarnung oder Erlaubnis schlang sich ein starker Arm um meine Taille. Ich verkrampfte mich, weil ich befürchtete, dass sich die Wut meines Waschbären gegen die Person richten würde, die mich gerade berührt hatte, aber Bandit war offenbar fest entschlossen, Josh loszuwerden. Nur Josh.

»Ist das ...«, stammelte er. »Ist *das* der Grund, warum du mich nicht zurückrufst?« Er deutete auf das attraktive Männertrio und seine Augen weiteten sich. Ich ahnte schon, was jetzt kommen würde. »Du wolltest nicht einmal Sex mit *mir* haben und du hast ...«

Meine Augen funkelten. »Ich reagiere nicht auf deine Anrufe, weil wir nicht mehr zusammen sind. Wir sind kein Paar. Wir sind nicht einmal Freunde. Was ich jetzt mache, geht dich nichts an.« Ich musste mich anstrengen, um das Knurren in meiner Stimme zu unterdrücken.

Ja, ich hatte nicht mit ihm geschlafen. Ich hatte mit niemandem geschlafen, weil es nie eine bewusste Entscheidung gewesen war. Ich könnte mir jeden Kerl auf der Straße aussuchen, und er würde mich auf der Stelle ficken, wenn ich es wollte, dank meiner guten alten Mom. Meiner Natur zum Trotz vögelte ich also mit niemandem. Und das hatte ich nun davon.

Der Junge hatte tatsächlich die Frechheit, noch einen Schritt auf mich zuzugehen. »Das bist nicht du, Ruby. Ich erinnere mich. Ich kenne dich. Du würdest dich nicht mit diesen ...« Er brach ab und suchte nach einem Wort, das die drei umwerfenden Dämonen, die mit nichts auf der Welt vergleichbar waren, beschreiben konnte. Sogar in seinem menschlichen Unterbewusstsein registrierte er etwas, dass sie mehr als Menschen waren. »Mit diesen *Leuten*.« Jemand hinter mir schnaubte, und ich war mir ziemlich sicher, wer, denn nur einer von ihnen hatte – soweit ich das beurteilen konnte – einen Sinn für Humor. Das Lachen verstummte kurz, als Josh sagte: »Komm zurück zu mir!«

»Warum um alles in der Welt denkst du, dass ich jemals zu dir zurückkommen würde?« Ich schnaubte. Wahrscheinlich hätte ich gelacht, wenn sich der Arm um meine Taille nicht leicht verengt hätte, als dessen Besitzer ein leises Knurren von sich gab. Es war so leise, dass ich es fast nicht hörte, aber doch war es da. Ich sah auf und entdeckte Julian.

Mein Herz setzte einen Schlag aus, als ich schwer schluckte. Meine Kehle war trocken und kratzte, aber die Art und Weise, wie er Josh ansah, hatte etwas so Beschützendes und Wildes an sich, dass ein Mädchen sich fragen musste, wie eine Kostprobe wohl schmecken würde. Die volle Aufmerksamkeit eines Dämons wie Julian zu haben ...

Reine Glückseligkeit? Oder die pure Hölle?

Irgendwie dachte ich, dass es ein wenig von beidem

sein könnte. Man sagte, Schmerz wäre Vergnügen, wenn man wusste, was man tat.

Verdammt, Ruby! Du musst dich konzentrieren! Jetzt ist nicht der richtige Zeitpunkt, um wie eine sexbesessene Verrückte zu denken.

Josh räusperte sich und ich blinzelte. *Scheiße! Hat er etwas gesagt?* Ich warf einen Blick zurück auf meinen spießigen Ex mit seinen schicken, gebügelten Khaki-Hosen.

»Ich habe einen Fehler gemacht, Ruby. Es tut mir leid ...«

»Ich muss dich an dieser Stelle unterbrechen. Wir wissen beide, dass du danach nach Hause gehst, mit Kendall vögelst und an einem anderen Tag zurückkommst, um mich um Verzeihung zu bitten. Können wir also den ganzen unnötigen Scheiß überspringen und wie Erwachsene fortfahren? Denn ich habe es wirklich satt, dass sie ihre Probleme mit dir an mir auslässt.« Ich zeigte mit dem Finger auf seine schwache Brust.

Ich hatte wirklich gehofft, dass es dieses Mal klappen würde. Mit der Geradlinigkeit. Wie dumm von mir, dass ich geglaubt hatte, Josh könnte mit seinem Verstand und nicht mit seinem Schwanz denken. Er dachte nicht länger als vier Sekunden über die Worte nach, bevor er ins nächste Fettnäpfchen trat.

»Ruby! Bitte! Lass uns einfach darüber reden. Ich vermisse dich«, jammerte er. *Verflucht! Nicht das Gejammer.*

Meine Geduld war bereits am Ende, und er zerstörte

gerade die letzte Ebene, die zwischen ihm und der brutalen, eiskalten Wahrheit stand.

»Geh nach Hause und leg dich in das verdammte Bett, das du gemacht hast! Du hast mich betrogen. Ich werde nicht zu dir zurückkommen und das ist deine letzte Warnung. Zieh weiter!« Der wütende Blick in seinen Augen wäre lustig gewesen, aber ich wusste, dass er es bald wieder vergessen würde. Dann würde er aufs Neue vor meiner Tür stehen und um etwas betteln, das er nie bekommen konnte.

»Ich denke, es ist in deinem besten Interesse, wenn du jetzt gehst, solange du noch kannst.« Die Drohung in seiner Stimme jagte mir einen Schauer über den Rücken. Ich drehte mich zu der Gestalt um, die meine Einfahrt hinaufschlenderte.

Heilige! Hölle! Sein Haar war so dunkel, dass es schwarz aussah ... aber wenn das Licht der Straßenlaternen darauf fiel, sah ich Blitze von reinem, ungetrübtem *Rot*. Er war der Größte der vier, mit grimmigen schwarzen Augen und einer Wildheit, die verriet, dass mit ihm nicht zu spaßen war.

Josh warf einen einzigen Blick auf ihn, und ich dachte, er würde sich in die Hose machen. Obwohl sie mir immer noch eine Scheißangst einjagten, hatte ich einen von ihnen angeschossen und war noch immer am Leben. Das war ein ziemlich guter Grund, zu glauben, dass sie es auch dabei belassen würden. Josh hingegen sollte diesen Glauben nicht teilen, denn wenn er weiterhin hierblieb und sich über unser mangelndes

Sexleben beschwerte, würde ich vielleicht beschließen, »Scheiß drauf!« zu sagen und Bandit auf ihn loszulassen.

»Zwing mich nicht, die Polizei zu rufen, Josh!«, sagte ich und wusste, dass es nicht so weit kommen würde. Er war ein Idiot und ein Betrüger, aber er wollte keinen Ärger mit dem Gesetz.

Nach einem besonders hochnäsigen Blick stieg er in sein Auto und fuhr davon.

Ich konnte einen Seufzer der Erleichterung nicht unterdrücken, als seine Reifen um die Ecke quietschten, aber diese Erleichterung war nur von kurzer Dauer. Erst dann bemerkte ich, dass Julians Arm immer noch um meine Taille lag. Mir wurde immer bewusster, dass ich vielleicht gerade eine schlimme Situation gegen eine andere eingetauscht hatte.

Sie haben dich noch nicht umgebracht, dachte ich mir. Dann können wir es auch gleich hinter uns bringen. Ich löste mich von Julian und machte Platz zwischen mir und den vier Dämonen, die mir die Luft raubten.

»Also, erzählt ihr mir jetzt endlich, wer ihr seid und warum ihr mir folgt?« Sie sahen sich nicht an, aber ihre Gesichter waren von grimmiger Entschlossenheit geprägt.

»Ich bin Krankheit«, sagte Rysten.

Nein ...

»Ich bin Hunger«, folgte Allistair.

Teufel, rette mich!

»Ich bin der Tod«, fuhr Julian in kühlem Tonfall fort.

Ich hätte es schon früher kapieren müssen.

»Mein Name ist Laran. Und ich bin der Krieg«, sagte der vierte und letzte.

Sie fuhren nicht fort, weil sie es nicht mussten. Ich wusste, wer sie waren. Jeder Dämon in beiden Welten wusste, wer sie waren.

»Ihr seid die vier apokalyptischen Reiter«, flüsterte ich.

KAPITEL 9

Es fiel mir schwer, die Identität der Fremden, die in meinem Wohnzimmer saßen, zu begreifen. Selbst mit einer heißen Tasse Tee und zehn Minuten Zeit zum Verdauen konnte man sich auf manche Dinge im Leben einfach nicht vorbereiten. Die apokalyptischen Reiter waren so ein Fall.

Sie waren vier der mächtigsten Erzdämonen, die je erschaffen worden waren und nur von einer einzigen Macht bezwungen werden konnten: dem Teufel selbst. Das warf die Frage auf: Warum waren alle vier seiner persönlichen Wächter hinter mir her und nicht in der Hölle, wo sie hingehörten?

»Also«, begann ich mit langsamer, müder Stimme, »habe ich etwas verbrochen? Es geht doch nicht um Kendalls Auto, oder? Ich meine, ich habe das Gefühl, dass ihr das inzwischen erwähnt hättet, aber ...«

»Es geht nicht um das Auto«, sagte Allistair. Er beobachtete mich wie eine Katze eine Maus. Das Gefühl war zermürbend, aber es sorgte auch dafür, dass sich mein Magen auf eine Art und Weise zusammenzog, die im Moment nicht gerade hilfreich war. Er legte seinen Fußknöchel auf das Knie des anderen Beins und streckte die Hand über die Lehne der Couch. Ich konnte nicht sagen, ob der kleine Abstand, den er zwischen sich und Rysten gelassen hatte, eine Einladung oder reiner Zufall war. Ich wandte meinen Blick ab, aber landete stattdessen bei Julian.

»Du musst mit uns zurück in die Hölle kommen«, sagte Julian.

»Warte, was? Nein! Warum?«, fragte ich und warf schnell einen Blick auf die anderen. Das war ein Witz gewesen, oder? Er musste einen Scherz gemacht haben. Ein Halbblut wie ich würde in der Hölle nicht überleben. Ich würde zum Spielball eines anderen, stärkeren Dämons werden und auch das nur mit etwas Glück. Mein Blick fiel auf Rysten und ich schüttelte den Kopf. »Warum?«, wiederholte ich, als mir niemand eine Antwort gab.

»Weil du Luzifers Tochter bist«, sagte Laran. Rysten zuckte zusammen, leugnete es aber nicht.

Allistair rollte mit den Augen. »Gut gemacht, Krieg! Warum nicht damit rausplatzen, obwohl wir vereinbart haben ...«

Ich brach in Gelächter aus.

Ich lachte – nein, ich brüllte – so heftig, dass mir Tränen in den Augenwinkeln standen. Sie dachten ... was? Sie dachten, *ich* wäre Luzifers *Tochter*? Oh, das war köstlich! Mehr als köstlich. Ich lachte, während sie mich mit fassungslosem Schweigen anstarrten. Sie waren hier, weil sie dachten, ich wäre wichtig. Sie hatten mich nicht umgebracht, weil sie dachten, ich wäre die Tochter des Teufels. Nun, der Witz ging auf ihre Kosten. ich war nur ein Halbblut-Succubus mit einer Vorliebe für Ärger.

»Ruby ...« Rysten brach ab. »Warum lachst du?«

»Ihr denkt ...« Ich brach erneut in Gelächter aus. »Ihr denkt, ich bin die Tochter des Teufels.«

»Das bist du«, sagte er stirnrunzelnd.

»Nein, Rysten. Ich bin halb menschlich«, sagte ich freundlich. Ich wusste nicht, wer den Reitern erzählt hatte, dass ich die Tochter des Höllenkönigs war, aber wer auch immer es gewesen war, sollte sich besser schnell aus dem Staub machen. Ich bezweifelte, dass sie erfreut sein würden, wenn sie die Wahrheit herausfänden.

»Wer hat dir das gesagt?«, fragte Julian.

»Das Dämonenwaisenhaus, in dem ich aufgewachsen bin. Meine Mutter hat mich Stunden nach meiner Geburt in Atlanta abgesetzt und behauptet, kein halb menschliches Baby haben zu wollen.« Ich zuckte mit den Schultern. Die Geschichte war mir etwas unangenehm, aber ich hatte mich damit abgefunden. Dämonen waren entweder besessen oder apathisch; dazwischen gab es nicht viel. Wenn meine leibliche Mutter mich für eine Verschwendung von genetischem Material hielt, dann war das ihr Problem. Es war nicht meine Schuld, dass sie einen Menschen gevögelt hatte und schwanger geworden war. Deshalb gab es ja überhaupt Waisenhäuser. Für die unglücklichen Sprösslinge von Dämonen, die nichts mit ihren Fehlern zu tun haben wollten. Irgendjemand musste uns schließlich trotzdem beibringen, wie wir uns vor den Menschen verstellen konnten. Denn wehe uns, wenn die Gerüchte über unsere Art jemals mehr als nur das sein sollten. Andererseits, wenn die Hölle sich wirklich darum scheren würde, hätten sie die Portale zwischen den Welten geschlossen und fertig.

»Deine Mutter ... war ihr Name Lola Morningstar?«, fragte Julian. Ich verschluckte mich fast an meinem Tee und warf einen strengen Blick in seine Richtung.

»Das hast du wahrscheinlich aus meiner Geburtsurkunde«, sagte ich kühl.

»Oder ich kannte sie«, antwortete er spöttisch. Ein harter, eisiger Ton hatte sich in seine Stimme geschlichen und ließ mich erschaudern.

»Genau«, sagte ich. Ich glaubte diese Geschichte nicht.

»Sie hat dich hergebracht, um dich zu verstecken«, argumentierte er.

»Weil ich Luzifers Kind bin?«, fragte ich. Nein, eigentlich kicherte ich. Julian schien das nicht sehr lustig zu finden.

»Ja, und einige sehr mächtige Dämonen wollten dich deshalb töten. Das tun sie immer noch«, warf Laran ein.

Sie glaubten diesen Unsinn wirklich. Dass ich eine Art Wunderbaby war.

Luzifer existierte schon länger als jeder von uns, und soweit man wusste, hatte er keine Kinder. Einige Gerüchte besagten, dass er keine bekommen konnte.

Andere behaupteten, er wollte seine Macht nicht teilen. Wie auch immer, in den Tausenden von Jahren, die er auf der Erde und in der Hölle verbracht hatte, war niemand aufgetaucht, um zu erklären, mit ihm verwandt zu sein.

Und ich würde da keine Ausnahme darstellen.

»Nehmen wir an, du hast recht. Ich bin die Ausgeburt des Satans. Lola hat mich versteckt, um mich von all den Leuten fernzuhalten, die vermutlich ein Hühnchen mit ihm zu rupfen haben?« Ich hielt inne und sie nickten. »Aber selbst wenn ich es wäre, warum sollte ich in Richtung Hölle aufbrechen? Bin ich nicht besser dran, wenn ich hier lebe, wo niemand weiß, dass es mich gibt?«

Sie schienen alle einen Blick zu teilen.

»Hast du jemals die Geschichte von den vier Reitern gehört?«, fragte Laran.

»Natürlich! Die vier Reiter sind die Überbringer der Apokalypse. Sie dienen als Warnung an diejenigen, die das Gleichgewicht stören wollen«, sagte ich. Jeder wusste das. Ich hätte unter einem Stein leben müssen, um das nicht zu wissen.

»Nicht ganz«, sagte Allistair. Ein langsames, sinnliches Lächeln umspielte seine Lippen und ließ meine Wangen heiß werden. »Wir waren nie die Verursacher der Apokalypse. Wir sind diejenigen, die sie verhindern sollen. Komisch, dass die Geschichte dieses kleine Detail nie richtig zu erfassen scheint.« Er grinste mich an, und ich biss mir auf die Innenseite meiner Wange, um die lüsternen Gedanken zu unterdrücken, die er mir bescherte. Der verdammte Incubus wusste genau, was er tat.

»Wenn ihr nicht die Überbringer der Apokalypse seid, wer ist es dann?«, fragte ich und versuchte, mich von den Fick-mich-Schwingungen abzulenken, die er mir übermittelte.

»Vor ein paar tausend Jahren gab es einen Dämon namens Ragnarok, der die Gabe der Vorahnung besaß. Er sah das Ende der Welt, wie wir sie kennen.« Er hielt inne und ließ die Stille die Lücken füllen. »Die Menschen haben ihn vergessen, aber sie erinnern sich an seine Vision. Ragnarok. Das Ende der Zeiten.

Er sagte, dass die Reiter eines Tages versagen, Luzifer fallen und die Flammen der Hölle erlöschen würden. Wenn die Flammen erlöschen, öffnen sich die Tore der Hölle und es lässt sich nicht mehr verhindern, dass sich sämtliche Bewohner der Hölle in Richtung Erde aufmachen«, sagte Julian. »Niemand könnte in dem Fall eingreifen. Außer Luzifers Kind.«

Das ist nicht die Version, die mir als Kind erzählt wurde ...

»Ragnarok prophezeite, dass Luzifer eine Tochter zeugen und sie ... und nur sie, in der Lage sein würde, die Flammen zu kontrollieren und die Apokalypse aufzuhalten, aber es läge an uns, sie zu finden und zurückzubringen.« Julian holte tief Luft. »Ragnaroks Prophezeiung hat sich erfüllt, Ruby. Luzifer ist vor drei Tagen gestorben.«

»*Gestorben?* Was soll das heißen, er ist *gestorben?*«, stotterte ich. »Er ist der verdammte Teufel! Der König der Hölle. Wie zum Teufel kann er einfach so sterben?« Julian zuckte bei meinem Ausbruch nicht einmal mit der

Wimper. Ihn störte vermutlich nicht viel, aber Rysten und Allistair warfen sich einen angespannten Blick zu. Larans Hände verkrampften sich, fast unmerklich, wenn ich nicht darauf geachtet hätte.

»Um deine Frage zu beantworten, Liebes, das ist er nicht. Aber das ist eine Geschichte für ein anderes Mal«, warf Rysten ein.

Was zur Hölle sollte das bedeuten?

Ich kniff die Augen zusammen, weil mir diese Antwort nicht gefiel, aber ich wusste genau, dass ich sie akzeptieren musste. Denn, was konnte ich auch tun? Wenn die vier Reiter das Sagen hatten, gar nichts.

»Die Nachricht von seinem Tod wird in den nächsten Wochen durchsickern und dann wird Anarchie herrschen, bis die Flammen erlöschen und die Hölle – um es mal so auszudrücken – zufriert.« Julian spürte meine Unruhe und betäubte sie. In seinen Augen spiegelten sich unaussprechliche Emotionen und eine so verblüffende Intensität, dass ich die zweite Hälfte seiner Aussage fast überhörte. »Wir brauchen dich, Ruby. Mehr, als du ahnst.«

Was auch immer das für ein rührender Moment hätte werden können ... er endete abrupt, als ich verstand, was gerade gesagt worden war. Sie waren verrückt, weil sie mich für das Kind des Teufels hielten, aber sie waren auch komplett verrückt, wenn sie glaubten, ich hätte die Macht, die Hölle in Schach zu halten. Ich konnte meinen Waschbären kaum bändigen. Die einzigen Gaben, die ich entwickelt hatte, waren die eines latenten Succubus, und ich musste mich noch verwandeln. Weder auf dieser Erde noch in der Hölle war ich dazu bestimmt, eine Apokalypse zu verhindern.

»Hört zu, ich weiß nicht, ob ihr Lola gekannt habt oder was sie gesagt haben könnte, aber ich muss ehrlich zu euch sein: Ich bin nicht das Mädchen, das ihr sucht«, sagte ich überstürzt und stellte meine dampfende Tasse Earl Grey auf dem Beistelltisch ab, während ich aufstand. Ich durchquerte mein Wohnzimmer und öffnete die Eingangstür. »Ich glaube, es ist besser, wenn ihr jetzt geht.«

Laran, der mir am nächsten stand und der Einzige, der noch auf den Beinen war, verengte seine Augen. *Krieg.* So nannte ihn die Welt. Ich konnte es sehen. Er kam einen Schritt näher, aber ich rührte mich nicht.

Einerseits wollte ich keinen Rückzieher machen. Das würde mich schwach aussehen lassen, und dann würden sie vielleicht nicht gehen. Andererseits war er mir jetzt viel näher, als ich es wollte, und ich war mir der Wirkung, die ich auf Männer hatte, durchaus bewusst.

Er beugte sich vor, so nah, dass sein Atem die empfindliche Stelle an meinem Ohr streichelte. Ich erschauderte, als er flüsterte: »Das ist noch nicht vorbei, kleiner Succubus. Wir werden nirgendwo hingehen. Nicht ohne dich. Denke nicht einmal daran, wegzulaufen! Ich liebe es, zu jagen.«

Seine Lippen streiften meine Ohrmuschel, und mein Atem zischte zwischen meinen Zähnen hindurch. Ein Blitz durchfuhr mich und brachte mein Blut zum Kochen. *Was war das?*

»Das reicht, Laran!«, schnauzte Julian. Er zog sich

ein paar Zentimeter zurück, und ich hielt den Atem an. Seine Augen waren pechschwarz geworden und löschten jede Farbe und jede Spur von Weiß aus. Die Luft war dick vor Anspannung, als er mich einen Moment lang anstarrte.

Er schätzt mich ab. Vollblütige Dämonen und solche, die sich verwandelten, hatten es schwerer, ihre dunklen Triebe zu kontrollieren. Mir war gesagt worden, dass die Macht wahnsinnig machen konnte und in manchen Fällen sogar verzehrend war.

»Krieg!«, sagte Julian streng. Diesmal packte ihn jemand an der Schulter und schob ihn zur Tür. Laran knurrte leise vor sich hin und warf mir einen letzten hitzigen Blick zu, bevor er ging. Ich schluckte schwer, als Julian und Allistair ihm folgten. Rysten hielt auf dem Weg nach draußen inne.

»Ich kann mir nicht vorstellen, dass das leicht zu verkraften ist, meine Liebe, aber wir werden hier sein, um dir dabei zu helfen«, sagte er. Ich konnte mir vorstellen, dass die meisten Dämoninnen umfallen würden, wenn sie diese Worte von einem der Reiter hören würden, aber keine von ihnen wurde gebeten, die Unterwelt zu retten.

»Bitte geht einfach!«, sagte ich. Rysten nickte verständnisvoll und folgte den anderen hinaus in die Nacht. Ich schloss die Tür hinter ihnen und lehnte mich dagegen. Meine Beine gaben nach, ich rutschte zu Boden und Bandit kam mit seinem rosa Elefanten im Schlepptau aus meinem Zimmer gerannt und hielt mir sein geliebtes Spielzeug hin.

»Ich glaube nicht, dass das dieses Mal meine Probleme lösen wird, Junge«, seufzte ich. Er schob es mir weiter entgegen. Ich nahm das verdammte Ding und hielt es fest, während er an meiner Brust hochkletterte und seine Arme um meinen Hals schlang.

»Mach dir keine Sorgen! Ich werde dich nicht verlassen. Sie können denken, dass ich dazu bestimmt bin, *Königin der Unterwelt* zu werden, so viel sie wollen. Das ändert nichts.« Es fiel mir schwer, zu sagen, wie viel Zeit verging, bis ich mich ins Bett schleppte und dabei meine blutverschmierten Kleider auszog.

KAPITEL 10
LARAN

WENN JULIAN GLAUBTE, ER KÖNNTE MICH EINSCHÜCHTERN, damit ich mich von ihr fernhalte, dann lag er falsch. Ich hatte genauso lange gewartet wie der Rest von ihnen, und im Gegensatz zu Rysten, der zu ihr gegangen war, weil Allistair ihn hinter unserem Rücken angerufen hatte, war ich dem Plan treu geblieben und hatte nicht versucht, mit ihr zu sprechen.

Bis sich der Plan gerändert hatte.

Ich hatte nicht geplant, sie anzufassen.

Aber ich konnte nicht mehr denken.

Sie war so nah und sie roch so gut. Ich hatte Tausende von Jahren darauf gewartet, sie zu treffen, aber die letzten dreiundzwanzig waren die schwersten gewesen.

Der Plan war es gewesen, sie von Lola mitnehmen zu lassen und erst zurückzuholen, wenn die Zeit gekommen war.

Ich hatte gewartet. Ich hatte meine Schuldigkeit

getan.

Aber sie wollte nichts mit uns zu tun haben.

»Laran, du musst dich verdammt noch mal beruhigen, Kumpel!«, schnauzte Rysten. Ich sah zu ihm auf und knurrte, aber der Bastard reagierte nicht. Er rollte mit den Augen und nippte weiter an seinem Wein, als hätte er Klasse oder so einen Scheiß. Es war ein verdammter Mommy-Drink, nichts weiter.

Die Menschen hatten ihn weich gemacht.

»Sie will nichts mit uns zu tun haben. Wie kannst du da sitzen wie ein verdammter ...«

»Denkst du, ich habe es nicht bemerkt? Was hast du erwartet, Krieg? Dass wir hier reinspazieren und sie einfach mitnehmen? Sie weiß nicht, wer du bist. Wer ich bin. Sie weiß nicht einmal, wer *sie* ist. Sie weiß nur, was die Erde ihr beigebracht hat.«

Ich drehte ihm den Rücken zu und schaute auf das Feuer. Vielleicht konnte ich nicht die Flammen der Hölle anrufen, aber ich konnte das Feuer der Erde beschwören und eine Verwüstung anrichten, wie sie die Welt noch nie erlebt hatte.

»Warum fühlt es sich so an, als hätten sie sie uns weggenommen?«, fragte ich leise in die Flammen, aber sie gaben mir in dieser Nacht keine Antwort.

»Weil sie ein Leben erschaffen hat«, antwortete Julian.

»Das war es, was wir wollten«, fuhr Rysten fort.

»Nein«, sagte ich schroff. »Das ist es, was ihr drei wolltet. Ich wollte, dass sie in der Hölle bleibt, wo ...«

»Wo sie mit Luzifer gestorben wäre«, unterbrach

mich Julian.

Ich biss mir auf die Zunge, um das Leugnen zu unterdrücken, das aus mir herauszuströmen drohte. Er hatte recht, aber das vereinfachte die Sache nicht.

»Was sollen wir jetzt tun?«, fragte ich.

Schweigen breitete sich zwischen uns aus, jeder war in seine eigenen Gedanken über das Mädchen versunken, das dazu bestimmt war, uns zu gehören, es aber nicht wusste.

Rysten ergriff als Erster das Wort. »Wir geben ihr Zeit und lernen sie kennen.«

»Ich schlage vor, wir machen das einzeln«, schlug Allistair vor.

»Damit du sie ficken kannst?«, fragte ich. Meine Worte waren harsch, aber ich meinte es ernst.

»Ich war heute Nacht nicht derjenige, der sie angebaggert hat, Krieg«, schnauzte er zurück.

»Du streitest es aber nicht ab.«

»Genug!«, sagte Julian. Ich wandte mich von den Flammen ab und ging zu meinen Kameraden. Meinen Brüdern. Wir hatten alles gemeinsam durchgestanden. Wir hatten für die Hölle selbst gekämpft und gewonnen. Wir hatten so viele im Namen der Zukunft getötet und vernichtet. In Rubys Namen. Und doch ... war dies anders.

»Als ihre Wächter zu fungieren, wird anders sein als jede Mission, die wir bisher hatten. Es hat sich bereits gezeigt, dass sie einige Herausforderungen mit sich bringt, die wir nicht vorhergesehen haben, und ich denke, ich kann für uns alle sprechen, wenn ich sage, dass wir bereits ein Gefühl des Anspruchs auf sie haben«, sagte Julian.

Er hatte nicht unrecht und keiner von uns korrigierte ihn.

»Trotzdem steht ihr Wohlbefinden vor allem, was wir wollen oder fühlen. Sie fühlt sich bei uns noch nicht wohl, deshalb beschränken wir die Zeit, die wir mit ihr als Ganzes verbringen. Zumindest bis die Nachricht aus der Hölle hier eintrifft. Wir können das Unvermeidliche nicht aufschieben. Sie muss mit uns kommen, aber wir können ihr Zeit geben, sich an diesen Gedanken zu gewöhnen.«

Mein Blick huschte zu Rysten. Der Scheißkerl grinste praktisch vor sich hin, als er Julians Dekret hörte. Er hatte in den letzten zwei Jahrzehnten mehr Zeit auf der Erde verbracht als jeder von uns, und obwohl wir alle wussten, warum, hatte niemand gedacht, dass das einen Unterschied machen könnte. Wir waren davon ausgegangen, dass sie mit uns kommen wollte. Dass sie glücklich sein würde, die Erde hinter sich zu lassen. Wir hatten nicht bedacht, dass sie aufwachsen, ihr eigenes Leben führen und eine eigenständige Frau werden würde, mit sinnlichen Kurven und einem lüsternen Mundwerk.

Wir hatten *sie* nicht eingeplant.

Nur eine Idee von ihr.

Wir alle, außer Rysten. Der Wichser war wahrscheinlich gerade sehr glücklich, aber er war nicht der Einzige, der noch Karten im Ärmel hatte.

Denn niemand spielte besser als ich.

KAPITEL 11

Groggy und erschöpft wachte ich auf, weil Moira das Haus zusammenschrie. Nicht wortwörtlich, aber es hätte genauso gut sein können. Ich drehte mich im Bett um und stöhnte. Bandit schnatterte herum und sprang aus seiner Hängematte, die über meinem Kopf hing, auf den Boden. Er hüpfte wild hin und her und kratzte an der Tür.

»Ah ... warum ich?«, stöhnte ich und wickelte mich aus meinen Laken. Ich hatte letzte Nacht wie eine Tote geschlafen und war schweißgebadet aufgewacht. Ich würde eine Dusche benötigen, bevor ich heute in den Laden ginge.

Ich riss meine Schlafzimmertür auf und schleppte meinen fast nackten Hintern ins Wohnzimmer. »Was in Teufels Namen schreist du denn da?«, fragte ich und ging um die Ecke.

Rysten stand mit einer stinksauren Moira in der Tür. Meine beste Freundin drehte sich in meine Richtung, um zu antworten, aber ihr verschlug es die Sprache, als sie mich dort in meiner Unterwäsche stehen sah. Ich gab ein frustriertes Knurren von mir und drehte mich auf dem Absatz um, ohne auf die Intensität zu achten, mit der Rysten mich ansah. Ich war beileibe nicht prüde und nahm Nacktheit ziemlich locker. Bis man Männer ins Spiel brachte. Wenn die Mistkerle einen Blick erhaschten, der ihnen gefiel, ließen sie mich nicht in Ruhe.

Ich kramte in dem ungefalteten Stapel sauberer Wäsche, der in der Ecke meines Bettes lag. Ganz unten befand sich mein schwarzer Bademantel. Er war einfach und aus Baumwolle, definitiv nicht sexy, aber er würde seinen Zweck erfüllen. Ich zog den Bademantel an und band ihn fest um meine Taille, als ich zurück ins Wohnzimmer ging.

»Warum steht dieses Arschloch vor unserer Tür?«, verlangte Moira, als wäre ich diejenige, die Schuld daran trug.

»Meinst du, ich wäre in meiner Unterwäsche gekommen, wenn ich das gewusst hätte?«, schnauzte ich zurück. Sie neigte den Kopf zur Seite und verengte die Augen, als sie einen Moment über dieses kleine Detail nachdachte, bevor sie sich wieder wütend an ihn wandte.

»Was machst du hier, *Junge*?«, fragte sie ihn und machte keinen Hehl aus ihrer Verachtung für seine Anwesenheit. Ich verschluckte mich fast an dem Lachen, das aus mir herauszukommen drohte. Moira wusste nicht, dass Rysten Krankheit war. Sie wusste überhaupt nicht, dass er ein Dämon war.

»Ich bin hier, um Ruby zur Arbeit zu bringen«, sagte er und verbarg sein Grinsen nicht.

»Nein, bist du nicht«, antwortete Moira für mich.

»Hey«, protestierte ich. »Ich kann selbst antworten.« Moira warf mir einen bösen Blick zu. *Was war nur in letzter Zeit in sie gefahren?*

»*Willst* du, dass er dich zur Arbeit bringt?«, fragte sie spitz.

»Natürlich will sie das«, antwortete Rysten, bevor ich zu Wort kommen konnte. Ich blickte in seine Richtung. »Stimmts, Liebes?«

»Nein, das kann ich nicht behaupten«, sagte ich scharf und steckte mir die Zunge in die Wange. Ich hatte gemischte Gefühle, was ihn und die anderen betraf. Es lag in meiner Natur, mit dem Feuer zu spielen, und vier sexy und unglaublich mächtige Dämonen waren genau das. Aber. Sie wollten mich auch in die Hölle verfrachten, wo ich wahrscheinlich einen schrecklichen Tod sterben würde, sobald sie merkten, dass sie einen Fehler gemacht hatten.

»Ich weiß, dass das nicht leicht für dich ist, aber ...«

Rysten war noch am Sprechen, als Moira ihm die Tür vor der Nase zuschlug.

»Warum folgt er dir, Ruby?«, fragte sie mich und drehte der Tür den Rücken zu. Rysten war still geworden, aber ich dachte keine Sekunde lang, dass er wirklich weg war. Nicht, wenn sie wirklich glaubten, was sie gesagt hatten. Und angesichts ihres Verhaltens hatte ich keinen Grund, etwas anderes anzunehmen.

Mein Blick wanderte zu Moira und ich zuckte unverbindlich mit den Schultern. »Du weißt doch, wie Männer sind.«

»Das weiß ich«, sagte sie und kniff die Augen zusammen. »Aber er ist kein Mann. Zumindest kein menschlicher, oder?«

Nun, Mist! Vielleicht wusste sie doch ein oder zwei Dinge.

»Nein«, sagte ich grimmig. »Ist er nicht.«

Sie nickte, als hätte sie genau das erwartet. »Hast du schon mit ihm geschlafen?«

»Nein. Ich habe mit keinem von ihnen geschlafen«, fauchte ich und merkte eine Sekunde zu spät, dass ich gerade mehr Informationen preisgegeben hatte als beabsichtigt. *So ein Mist!*

»Ihnen?«, fragte sie und zog eine Augenbraue hoch. Ich verdrehte die Augen und stieß einen Seufzer der Verzweiflung aus. Jetzt, nachdem ich das verraten hatte, würde sie auf keinen Fall mehr locker lassen. *Gut gemacht, Ruby!*

»Erinnerst du dich an den Kerl, der mich aus dem Knast geholt hat?« Sie nickte langsam. »Nun, er und Rysten arbeiten mit zwei anderen Typen zusammen. Die vier sind meinetwegen hier, weil sie die verrückte, wahnhafte Idee haben, dass ich jemand Wichtiges sei. Also denken sie, dass sie mich beschützen müssen.«

»Für wen halten sie dich denn?«, fragte sie mit skeptischer Stimme.

»Luzifers Tochter.«

Wir starrten einander schweigend an, bis sie in Gelächter ausbrach. Ich wartete, bis sie ihr Glucksen losgeworden war, und dann sagte sie: »Der war gut, aber warum sind sie wirklich hier?«

Ich starrte sie ausdruckslos an, bis ihr Grinsen nachließ und sie die Wahrheit hinter meinen Worten erkannte.

»Sie glauben wirklich, dass du das Kind des Königs bist?«, fragte sie, als käme sie erst jetzt auf die Idee, dass ich die Wahrheit sagen könnte.

»Es wird noch besser«, sagte ich steif und die ganze Geschichte sprudelte nur so aus mir heraus. Ich brach auf dem Sofa zusammen und alle Hoffnung, es noch rechtzeitig in den Laden zu schaffen, schwand, als ich ihr von den Reitern erzählte und wie sie mich nach Luzifers Tod zurück in die Hölle schleppen wollten, damit ich die Apokalypse irgendwie verhindern konnte.

»Wow! Ich weiß nicht, was ich sagen soll.« Ihre Stimme war von Schock und Unglauben durchdrungen.

»Dann sind wir schon zwei.«

»Was wirst du tun?«

»Ich weiß es nicht, ehrlich gesagt. Sie wollten mir nicht glauben, als ich ihnen erklärte, dass sie die falsche Person haben, aber ich habe nicht vor, in die Hölle zu gehen, nur um ihnen das Gegenteil zu beweisen.« Ich zupfte an einem Fussel auf meinem Bademantel, während Moira mich musterte.

»Bist du sicher ...«

»Bin ich sicher, was?«

»Bist du sicher, dass sie nicht doch recht haben könnten?«

Ich starrte sie an, weil ich diesen Gedanken nicht

einmal erwägen wollte. »Hörst du dir eigentlich selbst zu? Wie kann das für dich überhaupt eine Frage sein? Du kennst mich schon fast dein ganzes Leben. War ich da jemals etwas anderes als ein Halbsuccubus?« Mein Herz hämmerte in meiner Brust, während ich die Worte ausstieß.

»Nein«, hauchte sie. »Aber das heißt nicht, dass du es nicht bist. Es besteht immer die Möglichkeit, dass sich deine andere Hälfte einfach noch nicht manifestiert hat ...«

»Glaubst du wirklich nicht, dass sich diese Hälfte der Tochter Luzifers *vor* dem zweiundzwanzigsten Geburtstag manifestieren würde?«, sagte ich trocken.

Selbst sie konnte das nicht leugnen. »Okay, angenommen, du bist es nicht. Was hast du mit den Reitern vor?«, fragte sie, als Bandit auf die Couchlehne sprang und seinen Kopf durch die Jalousien steckte. Durch den Spalt konnte ich Rysten sehen, der im Hof stand und mit jemandem telefonierte.

»So, wie ich das sehe, kann ich nicht viel tun. Sie werden mir so oder so folgen. Zumindest lassen mich so vielleicht die anderen Dämonen, die mich für Luzifers Tochter halten, in Ruhe. Ich meine, eines Tages werden sie es doch merken, oder?«, sagte ich und legte meinen Arm über mein Gesicht.

Moira rutschte in ihrem Sitz hin und her. »Hmm ... vielleicht. Aber es sind Dämonen und sobald sie dich mögen ...«

»Falls, nicht *sobald*«, betonte ich, mehr zu meinem eigenen Seelenfrieden. Ich war glücklich mit meinem

Leben hier. Ich wollte nicht, dass sich etwas änderte, aber sie hatten mir klargemacht, dass sie mich nicht allein lassen würden, auch wenn ich das wollte.

BANDIT HOCKTE AUF MEINER SCHULTER UND KNABBERTE AN einer Karotte, als ich durch die Haustür ging. Eigentlich hatte ich ihn heute zu Hause lassen wollen, aber jedes Mal, wenn ich nach dem Türknauf gegriffen hatte, war er an meinen Beinen hochgeklettert, um mit mir zu kommen. Begierig. Ich wusste, wenn ich ihn zu Hause ließe, würde er alles in Stücke reißen, nur um sich an mir zu rächen. Auf diese Weise war er sehr nachtragend.

Rysten stand in meiner Einfahrt und lehnte sich gegen mein Auto. Sein sandfarbenes Haar hing ihm in die Augen und er hatte die Arme vor der Brust verschränkt.

»Ich nehme an, ihr vier lasst mich nicht so schnell in Ruhe?«, fragte ich, als ich mich dem Auto näherte. Rysten schüttelte den Kopf und das dunkle Funkeln in seinen Augen ließ meinen Magen kleine Purzelbäume schlagen.

»Das geht nicht, Liebes. Jetzt, nachdem wir dich gefunden haben, sitzt du mit uns fest«, sagte er und öffnete meine Fahrertür.

»Du wirst doch nicht wieder versuchen, meine Schlüssel zu stehlen, oder?«, fragte ich misstrauisch.

Er schnaubte. »Ich bin nicht Julian. Im Gegensatz zum Tod weiß ich, dass du unabhängig genug bist, um dich zu ärgern, wenn wir versuchen, alles für dich zu tun«, sagte er mit einem wissenden Zwinkern in den

Augen. Ich schluckte schwer und tat so, als würde ich die leichte Wärme auf meiner Haut nicht bemerken.

»Verdammt richtig, das bin ich.« Ich trat um ihn herum und kletterte hinein. Die Tür auf der Beifahrerseite öffnete sich und Rysten nahm Bandits Platz ein. Der knurrte leise, weil dieser Fremde seinen Sitz in Beschlag genommen hatte, aber er ließ sich hinten im Auto nieder, als ich aus der Einfahrt fuhr.

»Deine Freundin, sie mag mich nicht besonders, was?«, fragte er. Das war ein abrupter Themenwechsel. Aber da Moira bei zwei Gelegenheiten so auf ihn reagiert hatte, war ich nicht überrascht, dass er neugierig war.

»Nein. Sie mag die meisten Männer, die mich nicht in Ruhe lassen, nicht besonders«, sagte ich ehrlich.

»Aber ich bin kein Mann«, sagte er.

»Du bist männlich und du hast mich gestalkt. Das ist nicht weit davon entfernt«, sagte ich und rollte mit den Augen.

Er schmunzelte leise – ein dunkles und köstliches Geräusch. »Es ist gut, dass sie dich so beschützt«, sagte er. »Obwohl du kein vollblütiger Succubus bist, kann ich deine Anziehungskraft spüren. Ein geringerer Dämon hätte keine Chance, dir zu widerstehen.« Ich schluckte schwer, denn die Frage, die ich nicht stellen sollte, lag mir auf der Zunge. »Du wirst wirklich etwas Besonderes sein, wenn du deine Kräfte entfaltet hast.«

»Falls ich meine Kräfte erhalte«, korrigierte ich. Das entlockte ihm ein weiteres Schmunzeln.

»Oh, das wirst du, Liebes. Da bin ich mir sicher.« Er klang sehr zuversichtlich für jemanden, der schrecklich enttäuscht werden würde. Ich warf einen Blick zur Seite, aber da war keine Spur von der Macht oder Dunkelheit, die ich in seiner Stimme hörte. Sein Zauberschleier flackerte, als sich unsere Augen trafen, und ich wandte meinen Blick schnell zurück auf die Straße.

»Warum trägst du einen Schleier, wenn die anderen es nicht tun?«, fragte ich.

»Weil die anderen in gewisser Hinsicht Idioten sind«, sagte er süffisant.

»Was meinst du?«

»Was war dein erster Gedanke, als du Allistair getroffen hast?«, fragte er. Ich dachte an den grüblerischen Incubus. Ich hatte ihn schon von Weitem erkannt, sowohl an seinem Blick als auch an der Art, wie er sich bewegte. Er strahlte eine rohe Kraft aus.

»Er war ...« Ich hatte Mühe, eine Beschreibung zu finden, die nicht peinlich war, wie Sex am Stiel. Das würde mir hier wahrscheinlich keine Punkte einbringen. »Intensiv.«

Rysten nickte. »Was ist mit Julian?«

»Nun, ich habe ihn erschossen, also ...«

»Genau. Und hättest du Laran nicht getroffen, als du versucht hast, deinen *Verehrer* loszuwerden ...« Er rümpfte angewidert die Nase. »Dann hättest du genauso gefühlt.«

»So kann man Josh auch bezeichnen.«

»Er ist deiner nicht würdig«, sagte Rysten. Etwas an seiner Antwort störte mich. Sie wirkte fast schon territorial, als würde sie implizieren, *er* wäre würdig. Ich fuhr auf den Parkplatz hinter dem Studio und stellte den Motor ab.

Rysten strich sich mit dem Daumen über die Unterlippe, und ich biss mir auf die Innenseite meiner Wange. Obwohl er der zugänglichste der Reiter war, blieb er ein Dämon, und ein sehr mächtiger noch dazu.

»Du hast meine Frage noch nicht beantwortet«, sagte ich.

Seine Lippenwinkel bewegten sich nach oben und er beugte sich vor. »Habe ich das nicht, Liebes?«

Mein Blick wanderte von seinen Lippen zu seinem Gesicht, wo seine Augen eine leise Ahnung von der Dunkelheit verrieten, die ich in ihm spürte.

Die Erkenntnis dämmerte mir. »Du denkst, ich lasse dich an mich heran, nur weil du dich menschlicher geben kannst.«

Sein Lächeln als Antwort machte mich wütend und erregt zugleich. Er beugte sich vor, nur wenige Zentimeter von meinem Gesicht entfernt, und murmelte: »Das tust du doch, oder?« Sein Atem streichelte meine Haut und weckte die Verführerin in mir. Ich unterdrückte mein Verlangen und bekämpfte die Lust, die sich in mir ausbreitete.

»Nein«, fauchte ich und wich zurück. »Tue ich nicht.«

Ich drehte mich praktisch auf meinem Sitz, riss die Tür auf und sprang aus dem Auto, um so viel Platz wie möglich zwischen uns zu bekommen. Wie konnte ich nur so dumm gewesen sein, das Offensichtliche zu ignorieren? Ich war mehr über mich selbst frustriert als über ihn.

Bandit setzte sich auf die Kante des Fahrersitzes, sprang auf mich zu und schlang seine Pfoten um meinen Hals. Ich legte einen Arm darunter, um sein Gewicht zu stützen, und hielt mich mit dem anderen an der Autotür fest.

Rysten neigte seinen Kopf zur Seite, während sein Schleier schwächer wurde, jetzt, da ich nicht mehr so nah war. Ein jungenhaftes Lächeln erschien auf seinen Lippen, als er sagte: »Es wird passieren, ob du es willst oder nicht, Ruby. Wir müssen dich beschützen und wir kümmern uns um das, was uns gehört.«

Ich knallte die Autotür zu und entfernte mich von ihm, als mir klar wurde, was es bedeutete, die Reiter auf den Fersen zu haben. Das würde eine lange Woche werden. Sie würden mich vor allem beschützen, was sie als Bedrohung erachteten, weil sie mich für etwas Besonderes hielten.

Aber wer würde mich vor ihnen beschützen?

KAPITEL 12

Ich war gerade dabei, das Studio fürs Wochenende zu schließen, als es an der Tür läutete. Ich lugte um die Ecke und stöhnte auf, als ich sah, wer dort stand. Es war niemand anderes als mein mieser Ex, der die traurigen Reste einer weiteren Entschuldigung in Form eines Blumenstraußes in der Hand hielt.

Warum ich?

»Was machst du denn hier?«, fragte ich. Bandit warf einen Blick auf Josh und ließ ein Knurren verlauten. Beim Anblick meines Waschbären hob er den Kopf. Seine Haltung hätte nicht gerader sein können, wenn ihm jemand einen Tannenbaum in den Hintern geschoben hätte.

»Ich bin gekommen, um mich für Sonntagabend zu entschuldigen.« Er deutete auf die Blumen in seiner Hand. »Ich habe dir Narzissen mitgebracht. Sie sollen für Vergebung und Neuanfang stehen.«

Es kostete mich all meine Selbstbeherrschung, nicht zu würgen. »Danke! Ich verzichte.«

»Bitte, Ruby!« *Zur Hölle mit ihm, nicht schon wieder das Gejammer!* Dafür hatte ich heute keine Geduld. Ich wusste, dass es nicht der Verlust von mir war, der ihn über unsere Trennung nachgrübeln ließ. Ich wusste, es war der schlummernde Succubus in mir. Er hatte mich betrogen und behauptet, dass es daran lag, dass ich nicht mit ihm schlafen wollte, aber er kam alle paar Tage zurückgekrochen. Es war anstrengend. Aber mit jemandem zu schlafen, der sich einen Dreck um mich scherte und keine andere Wahl hatte, fühlte sich ein wenig zu sehr nach Vergewaltigung an. Das hatte ich davon, *Moral* zu besitzen.

»Bitte was?«, fragte ich und hob verzweifelt die Hände. »Wir haben Schluss gemacht, Josh. Ich weiß nicht, was ich sagen soll?«

»Dass du mir verzeihst und mir noch eine Chance gibst ...«

Ich hielt meine Hand hoch, um ihn zu stoppen. »Nein! Wir werden nie, nie wieder zusammenkommen.« Kaum waren die Worte ausgesprochen, zuckte ich zusammen, wissend, dass ich mich wie ein schlechter Taylor Swift-Song anhörte.

»Ist es wegen der Typen, die ich mit dir gesehen habe? Hast du einen ...« Er rang kurzzeitig mit den Worten, während er sich vor Wut das Hirn zermarterte. »Hast du jetzt einen *Harem*? Ist es das?«

Einen Harem? Das war doch mal ein Gedanke. Ich war von der Idee genauso fasziniert wie von seinem

Verhalten, denn er hatte absolut keinen Grund, sich mir gegenüber als etwas Besonderes zu fühlen. Schließlich waren es seine Handlungen gewesen, die unserer Beziehung ein jähes Ende bereitet hatten, aber bei all dem Gejammer, das er an den Tag legte, konnte ich nicht sagen, dass es mir leidtat. Wenigstens musste ich mich dieses Mal nicht schlecht fühlen, weil ich gehässig war.

»Sie haben nichts damit zu tun, was zwischen uns passiert ist, Josh. *Du* bist derjenige, der *mich* betrogen hat.« Ich hörte mich langsam wie eine kaputte Schallplatte an. Dieses Gespräch wurde schnell ermüdend.

»Du wolltest keinen Sex mit mir haben! Ich habe monatelang auf dich gewartet! Und jetzt schläfst du mit drei oder sogar vier Typen? Aber ich bin bereit, dir deine Verfehlungen zu verzeihen, wenn du über meine kleine Fehleinschätzung hinwegsehen kannst.«

Wow! Ich wusste wirklich nicht, was ich darauf antworten sollte. Zu seinem Pech entschied er sich genau in dem Moment, in dem Laran auftauchte, ein totaler Arsch zu sein. Als sich die Tür hinter ihm öffnete, warf er einen Blick über seine Schulter und wurde blass.

»Ich brauche deine Vergebung nicht, weil ich nicht mit dir zusammen sein will. Lass mich in Ruhe!«, sagte ich und hoffte, dass Larans Anwesenheit ausreichen würde, um ihn zum Gehen zu bewegen.

Josh schluckte schwer und sagte: »Es ist noch nicht vorbei. Ich werde dich zurückgewinnen.« Wahnhaft war kein ausreichend starkes Wort, um ihn zu beschreiben.

»Das wirst du nicht«, sagte Laran düster. »Halte dich von Ruby fern, *Junge*! Meine Geduld hat ein Ende, genau wie deine Lebensspanne.« Die Bedrohung in seiner Stimme war weder weich noch hinterlistig. Sie war kühn und von einer Gefahr durchdrungen, die von Laran auszugehen schien. Ich hatte nur kurz mit ihm gesprochen, weniger als mit den anderen drei, und er machte mir eine Heidenangst. Josh würde sich wahrscheinlich in die Hose machen, wenn sie so weitermachten.

»Willst du mir drohen?«, forderte Josh. Sein Gesicht färbte sich rosa, als er seine Empörung herausstieß.

»Ja!« Laran machte einen Schritt zur Tür, ein nicht ganz so subtiler Hinweis darauf, dass es Zeit für ihn war, zu gehen.

Wieder stieß Josh eine Reihe von Flüchen aus, aber er stürmte tatsächlich davon. Die Ladentür schlug hinter ihm zu, und er ließ mich und Laran allein zurück.

»Sind alle deine Ex-Freunde so verrückt?«, fragte er mich. Ich schätzte, das war zu diesem Zeitpunkt das, was einem Small Talk am nächsten kam.

»Meistens«, antwortete ich. Der Anflug eines Grinsens erschien auf seinen Lippen und war wieder verschwunden, bevor ich beurteilen konnte, ob es echt gewesen war.

»Ich schätze, das bedeutet, dass ich noch viel Arbeit vor mir habe.« Er schritt auf mich zu, als gehörte ihm die Erde, auf der wir wandelten. Unverblümt und unmissverständlich männlich. Mein Mund wurde trocken, als er sich mir näherte, aber ich wich nicht zurück. Das Letzte, was ich brauchte, war, dass diese Dämonen glaubten, sie könnten mich herumschubsen.

»Was machst du hier?«, fragte ich und fummelte am

Saum meines Ärmels herum. Seltsamerweise blieb Bandit ruhig, als er auf mich zukam. Im Gegensatz zu Josh, den er noch nie gemocht hatte, schien es ihm völlig egal zu sein, ob Laran in meiner Nähe war. Ich war mir nicht sicher, ob ich das beruhigend oder beunruhigend finden sollte.

»Ich bin an der Reihe«, sagte er stolz.

»Womit?«

»Zeit mit dir zu verbringen«, stellte er klar. Ich runzelte die Stirn. *Sie wechselten sich ab, wer ...*

»Wer sagt denn, dass ich Zeit mit dir verbringen will?« Ich mochte es nicht besonders, wenn man mir sagte, was ich zu tun hatte oder mit wem ich meine Zeit verbringen sollte.

»Willst du lieber Allistair oder Julian?«

»Ähm ...« Meine Nicht-Antwort schien Antwort genug gewesen zu sein.

Er grinste und streckte seine Hand aus. »Komm! Ich verspreche, nicht zu beißen. Dieses Mal.«

Dieses Mal? Ich leckte mir über die Unterlippe, als ich das Versprechen in diesen Worten hörte. Eigentlich sollte ich mich nicht zu ihnen hingezogen fühlen oder zumindest nicht meine Fantasien durchspielen, aber ich konnte nicht umhin, mich zu fragen, wie Laran wohl schmecken würde. Nur ein kleiner Bissen. Er war ein ausgewachsener männlicher Dämon, in der Blüte seiner Jahre, und was er mir alles beibringen könnte ...

Meine Wunschträume wurden unterbrochen, als mich die Erinnerungen in die Realität zurückholten. Es war lange her, dass ich Sex gehabt hatte, nach dem, was beim letzten Mal passiert war. Da ich keine unmittelbaren Pläne hatte, das zu ändern, akzeptierte ich einfach, dass ich verdammt war, wenn ich es tat, und verdammt, wenn ich es nicht tat.

Ich holte tief Luft und sagte: »Gut, aber ich muss Bandit erst zu Hause absetzen. Er mag keine Menschen, und Menschen sind vorurteilsbeladene Arschlöcher.«

Laran grinste mich böse an. »Wer hat etwas über Menschen gesagt?«

Ich war mir nicht sicher, ob ich aufgeregt oder besorgt sein sollte angesichts dessen, was der Reiter des Krieges vorhatte. Das dämonische Glitzern in seinen Augen hätte mir eigentlich eine Warnung sein müssen.

***

Eine halbe Stunde, nachdem wir Bandit zu Hause abgesetzt hatten, fuhren wir vom Highway ab. Ein Zutritt verboten-Schild stand kurz vor der Biegung der Straße, die zu diesem heruntergekommenen Grundstück mitten im Nirgendwo führte. Die verstreuten Müllberge hätten es wie jedes andere verlassene Grundstück aussehen lassen, wenn nicht Nadelbäume das behelfsmäßige Gebäude überragt hätten, um es vor unerwünschten Blicken zu schützen. Es sah aus wie ein toller Drehort für einen Horrorfilm. Vor einem klapprigen Schuppen aus Sperrholz befand sich ein mittelgroßes Stück gestampfter Erde, das derzeit als Parkplatz für die wenigen Autos diente, die draußen standen. Aufgesprühte Linien markierten die Stellen, an denen die

Autos parken sollten, aber die Fahrer schienen sich nicht darum zu kümmern. Die leicht verbogenen Brombeerbüsche und das plattgedrückte Gras waren die einzigen Hinweise darauf, dass von der Autobahn eine nicht gekennzeichnete Straße herführte. Es hatte einfach etwas zu Zweckmäßiges an sich – und das gefiel mir nicht.

Plötzlich hatte ich das Gefühl, dass wir mitten in eine zwielichtige Angelegenheit hineinlaufen würden.

»Wo sind wir?«, fragte ich, als wir aus dem Auto stiegen. Ein auf dem Kopf stehendes Pentagramm hing oben an der schiefen Tür. Der einzige Hinweis darauf, was mich drinnen erwarten würde.

»Ich dachte, wir machen einen kleinen Ausflug. Damit du den ganzen Stress der letzten Woche hinter dir lassen kannst«, antwortete er, ohne zu zögern. Ich blieb auf halbem Weg stehen und stolperte über einen Stein, weil ich zu sehr damit beschäftigt war, ihn anzuschauen. Ich fuchtelte mit den Armen, als ich zu Boden stürzte, aber Laran fing mich am Ellbogen auf. Geschickt. Fest. Er zog mich zurück, damit ich nicht auf mein Gesicht oder durch die unebene Tür fiel.

»Das ist seltsam rücksichtsvoll für einen Dämon. Noch dazu für den Reiter des Krieges«, murmelte ich. Laran trat näher und beugte sich herunter, bis seine Lippen mein Kinn streiften.

»Kennst du nicht das Sprichwort: *In der Lust und im Krieg ist alles erlaubt*?«, flüsterte er. Ich erschauderte, als seine Lippen die empfindliche Stelle direkt unter meinem Ohr berührten.

»Ich bin mir ziemlich sicher, dass das Sprichwort *Liebe und Krieg* aufführt«, antwortete ich trocken. Seine Lippen krümmten sich auf meiner Haut und hinterließen eine Spur der Hitze.

»Meine Version gefällt mir besser«, grummelte er. Schon sein Auftreten zog mich an, dunkel und verführerisch. Wie eine Motte zur Flamme. Aber eine Motte wusste nicht, dass sie verbrennen würde. Ich war klug genug, um das zu wissen, und ein Teil von mir wollte es. Eine kleine sadistische Seite von mir fühlte sich zu diesen Männern hingezogen – zu allen Männern –, und das hatte nichts mit Liebe oder Krieg zu tun.

Ich schluckte hart und drängte meine innere Dämonin beiseite. Sie würde mich noch in Schwierigkeiten bringen, wenn sie ihren Willen bekäme.

Laran schmunzelte, als ich mich von ihm entfernte, aber er ließ meinen Ellbogen nicht los. Seine Finger lenkten mich ab, aber ich beschwerte mich nicht, als er die schiefe Tür aufstieß und mich in das Haus begleitete, das im Grunde genommen eine Spelunke war. Für Dämonen.

Alle Augen richteten sich auf uns und ich erstarrte.

Warum zum Teufel sollte er mich in eine Bar für Dämonen mitten im Nirgendwo mitnehmen? Er hätte mich ihnen genauso gut auf einem Silbertablett anbieten und guten Appetit sagen können.

»Was machen wir hier, Laran?«, zischte ich mit zusammengebissenen Zähnen. Ich wollte mich aus seinem Griff befreien, aber er hielt mich fester.

»Entspann dich, Ruby! Sie wissen nicht, wer ich bin.

Jeder, der mich ansieht, sieht nur den Schleier eines männlichen Dämons, mit dem er sich nicht anlegen will.« Ich starrte zu ihm auf und mein Blick fiel langsam auf die Hand, die besitzergreifend meinen Arm umschloss. Er erhob ... Anspruch auf mich. Eine Warnung an alle, die meinten, sie könnten ein neues Spielzeug brauchen. Er ließ sie wissen, dass ich nicht auf dem Markt war.

Ich stieß einen zittrigen Atem aus, als er uns weiter in die Bar zog. Der Duft von Rauch und Zitrusfrüchten wehte über mich hinweg und meine Muskeln entspannten sich augenblicklich. Ich atmete tief ein und ein leiser Seufzer entkam meinen Lippen, als die Anspannung ganz von mir abfiel.

»Fühlst du dich besser?«, fragte Laran. Seine Lippen verzogen sich zu einem amüsierten Grinsen.

»Viel besser«, antwortete ich durch den Dunst, der sich langsam verdichtete. Die Ränder meiner Sicht wurden weicher, aber die Welt schien noch nie so hell gewesen zu sein. So ... verlockend. Meine innere Verführerin lächelte die überfüllte Bar an, als ich mich von Laran entfernte und mich zwischen zwei schelmisch dreinschauende Männer zwängte.

»Ich nehme einen *Black Russian* auf Eis. Mach einen doppelten!« Meine Stimme klang sinnlich. Der Succubus war zum Spielen aufgelegt.

KAPITEL 13
LARAN

Sie war verschwunden.

In der einen Minute hatte sie noch neben mir gestanden, mit einem sexy Lächeln auf dem Gesicht, und in der nächsten Minute war sie weg gewesen. Irgendjemand würde dafür bezahlen. Und das würde nicht schön werden.

Eine kaum zu zügelnde Wut pochte in meiner Brust, als ich die Spieltische überprüfte. Kobolde in allen Formen und Größen, Todesfeen in allen Farben, hier und da ein Chupacabra, sogar ein paar Schatten waren in der Menge, aber keine Ruby. Ihr Amaryllis- und Lavendelduft erfüllte die Luft und vermischte sich mit dem stechenden Rauch des brennenden weißen Lotus. Weißer Lotus: die Droge der Wahl für die meisten Dämonen und eine viel sanftere Version des schwarzen Lotus, der für seine ... unerwünschten Wirkungen bekannt war.

Ich verließ die Spieltische und suchte die Bar ab, wo

ich einen Hauch von ihr wahrnahm. Sie war ganz in der Nähe und doch konnte ich sie nirgends finden, als ich die ganze Bar absuchte. *Wie zum Teufel habe ich sie verlieren können? Die einzige Person auf der Welt, die ich beschützen soll?*

Diese Scheiße war unglaublich!

Das Gefühl in mir, dass etwas furchtbar schiefgelaufen war, wurde immer stärker, als ich mich auf die Treppe stürzte. Wenn ich sie in einem der Hinterzimmer fände, gefesselt wie ... Ich konnte den Gedanken nicht einmal zu Ende denken. Wenn sie hier oben war, würde jemand sterben. Ich biss die Zähne zusammen und trat die erste Tür auf, die ich sah.

Eine gelbwangige Dämonin sah zu mir auf und schnurrte, während das Männchen hinter ihr weiter in ihrem Fleisch herumstocherte. Sie war über einen Schreibtisch gebeugt, der schon bessere Tage gesehen hatte. Ihr wildes Grinsen und der krumme Finger, mit dem sie versuchte, mich zu sich zu winken, waren nicht im Geringsten appetitlich. Es gab nur eine Person, in die ich meinen Schwanz hineinstecken wollte, und das war nicht die zugedröhnte Hure vor mir. Ich machte mir nicht die Mühe, die Tür zu schließen, sondern ging weiter in die folgenden Zimmer. Sie sahen alle gleich aus: Dämoninnen mit einem oder zwei Männchen, aber keine Ruby.

Ich raufte mir das Haar, während ich auf dem Balkon mit Blick auf die Bar umherging.

Wo zum Teufel war sie?

Es war fast eine halbe Stunde vergangen, seit wir das *Black Brothers* betreten hatten, und es gab immer noch kein Zeichen von ihr. Wenn es noch länger dauerte, würde ich das Gelände absuchen müssen, um herauszufinden, ob jemand sie rausgeschmuggelt hatte. Ich hätte gedacht, dass sie sich ordentlich wehren würde, aber ich hatte nicht das Gefühl, dass sie an das Rauchen von weißem Lotus gewöhnt war. Der Raum selbst war eine heftige Dosis, die selbst die stärkeren Dämonen leicht delirant werden ließ.

Sie war jung. Sie hatte sich noch nicht verwandelt. Was zum Teufel hatte ich mir dabei gedacht, sie herzubringen?

Ich drehte noch eine letzte Runde durch die Bar, bevor meine Geduld endete. Sie war hier irgendwo. Ich konnte es riechen, aber jemand hatte sie verschleiert.

»Allistair, du musst deinen Arsch zum Black Brothers bewegen. Ruby ist verschwunden.«

Unter anderen Umständen würde ich mir den Arm abbeißen, bevor ich einen der anderen Reiter anrief. Aber Schleier waren nicht meine Spezialität, und ich würde auf keinen Fall Julian für diese Aufgabe heranziehen. Die Leute dachten immer, ich wäre der größte und härteste Typ, aber das lag nur daran, dass sie den Tod noch nie in Aktion gesehen hatten. Um ehrlich zu sein, war man schon erledigt, wenn man ihn in einem Kampf einen Finger rühren sah. Seine besondere Art von Subtilität war für dieses Unterfangen nicht nötig, und Rysten hatte mich diese Woche schon zu sehr genervt. Ich wusste nicht, in welchem Zustand Ruby sein würde, wenn wir sie fanden, aber ich würde meinen Stolz lieber auf Allistairs Hilfe setzen als auf die Schicksalszwillinge.

»Wie zum Teufel hast du sie verloren?« Seine Antwort ließ länger auf sich warten, als ich gehofft hatte, wenn man berücksichtigte, über wen wir gerade sprachen.

»Jemand hat sie verdammt noch mal verschleiert und versteckt sie vor meiner Nase. Du musst das Arschloch aufspüren«, schnauzte ich zurück.

»Bin schon unterwegs.« Dem verdammten Teufel sei Dank. Wir durften keine Zeit verlieren.

Ich wollte nicht auf die Uhr schauen, aber ich wusste, dass die Zeit immer schneller verging. Ich hielt mich am Geländer fest und merkte erst, dass ich das meiste davon verbrannt hatte, als ich über die Kante stolperte. Ich wirbelte einen Windstoß vom Boden auf und der hob mich zurück auf die obere Plattform, während Teile des zerbrochenen Geländers auf den Pokertisch unter mir fielen. So viel dazu, die Ruhe zu bewahren.

Ich könnte das Gebäude niederbrennen. Es mit einem Wirbelsturm verwüsten, wie es ihn noch nie gegeben hatte. Es mit Regen überfluten, der die Hälfte der Dämonen in diesem Raum ertränken würde. Oder es mit einem Erdbeben dezimieren, das ganz Portland auslöschen würde.

Aber Ruby war hier irgendwo, und ich musste mich zusammenreißen, bis ich sie gefunden hatte.

Allistair kam in Rekordzeit durch die Tür geschritten. Hunger musste sich gerade im Spiegel betrachtet haben, als ich mich bei ihm gemeldet hatte, wenn man betrachtete, wie schnell er hier gewesen war. Ich war auf halbem Weg die Treppe hinunter, als er seinen Blick auf etwas richtete. Ich hoffte zu Satan, dass es Ruby war, denn wenn nicht, würde ich das *Black Brothers* in Grund und Boden stampfen.

»Laran!«, sagte Allistair. Die umstehenden Dämonen machten einen großen Bogen um mich, als sie erkannten, wer mein Freund war. Ich ließ meinen eigenen Schleier fallen und alle Gäste verstummten. Fast alle.

Allistair schnippte mit den Fingern und löste ihren Schleier auf. Auf der anderen Seite der Bar, am allerersten Tisch, den ich überprüft hatte, war Ruby.

Sie saß auf dem Schoß eines Kobolds und stieß kleine Atemstöße aus.

Auf mein Rufen hin durchströmte ein Luftzug die Bar und löschte das Feuer, das die Lotosblätter verbrannte. Die Hände des Kobolds schlossen sich fester um sie und zogen ihre weiche Haut näher an seinen Körper. Ihr Blick war benommen und verwirrt.

Er *wagte* es, eine beanspruchte Dämonin zu verstecken?

Ich sah rot. Und das bedeutete Krieg.

KAPITEL 14

Das Männchen zu meiner Linken drehte sich zu mir um und sagte: »Starker Drink. Wie heißt du, Püppchen?«

Ich warf ihm einen abschätzenden Blick zu. Gepflegtes dunkles Haar umrahmte ein hübsches Gesicht. Seine Augen waren verrucht rot und seine Zähne unnatürlich weiß. Er besaß einen schelmischen Zug und ich schloss sofort darauf, dass er ein Kobold war. Einer der häufigsten Dämonen in dieser Gegend, aber auch jemand, mit dem ein Succubus am wenigsten Tango tanzen wollte, wenn er klar denken konnte. Was ich definitiv nicht tat.

Ein vollblütiger Kobold hatte zwar beeindruckende Kräfte für einen niederen Dämon, aber niederer wie er war ich nicht. Selbst ein Halbblut wie ich wäre an einem Ort wie diesem ein Gewinn. Unsere Haut war das stärkste Aphrodisiakum auf dem Planeten, für andere Dämonen sogar zehnmal stärker.

Das war der Grund, warum ich mich immer ferngehalten hatte. Aus Angst vor dem, was jemand mit Überredungskünsten oder gar Blutmagie anrichten könnte.

Aber zum ersten Mal in meinem Leben hatte ich keine Angst. Im Gegenteil, seine rätselhafte Erscheinung zog mich in ihren Bann, und er hatte nicht mehr als sechs Worte gesagt. Entweder war er geschickter in der Überredung, als ich dachte, in diesem Fall war ich bereits am Arsch, oder ich hatte eine masochistische Ader. Da er so viel Selbstvertrauen ausstrahlte wie manche Männer Verzweiflung, war ich geneigt, zu glauben, dass es etwas von beidem war.

Welch ein Glück für mich!

Ich beäugte die schwarzen Ränder eines Brandzeichens, die gleichzeitig aus seinem Kragen und der Manschette an seinem Handgelenk hervorlugten. Die Tinte war weiß, nicht wie üblich schwarz. Irgendwo in meinem Hinterkopf hatte das etwas zu bedeuten. Das Gleiche galt für die Ränder, die wie Blütenblätter aussahen, aber ich konnte diesen Gedanken, diese Sorge, nicht länger als einen Moment festhalten, bevor ich wieder in den Zustand des Vergessens verfiel. Mein Herzschlag verlangsamte sich auf ein gleichmäßiges Pochen, das sich dem Rhythmus eines Liedes anpasste, das nur ich hören konnte. Ich lächelte dem Kobold schüchtern zu, als der Barkeeper mir meinen Drink reichte und sagte: »Der geht aufs Haus.«

Ich schenkte dem Barkeeper mein hübsches Lächeln und er zwinkerte mir zu, als ich den *Black Russian* entgegennahm und die Bar verließ. Der Kobold würde mir folgen. Da war ich mir sicher. Für einen kurzen Moment fragte ich mich, wo Laran hingegangen war, aber als ich mich dem Tisch näherte, von dem der Rauch kam, schien es mich nicht mehr zu interessieren.

Alle Gedanken an Laran, die Reiter und sogar an mich selbst verschwanden, als ich vor dem überfüllten Spieltisch stand. Würfel und Karten flogen überall herum, aber der langsam brennende Topf in der Mitte machte es mir schwer, den Blick abzuwenden.

»Möchtest du mitmachen, Schätzchen?«, rief jemand von der anderen Seite des Tisches. Ich schüttelte den Kopf.

»Darf ich zusehen?« Ich hörte das sanfte, samtige Schnurren in meiner Stimme. Die Männer am Tisch sahen zu mir auf und das Scharren eines Stuhls ließ mich zusammenzucken. Der Kobold von der Bar hatte sich einen Stuhl gesucht und die anderen machten ihm Platz. Geschmeidig setzte er sich, lehnte sich mit gespreizten Knien zurück und winkte mir zu.

»Wenn du auf meinem Schoß sitzt, schon«, knurrte er. Mein Magen verkrampfte sich angesichts der Herausforderung in seiner Stimme. Ich schritt auf ihn zu, warf den Kopf zurück und trank meinen *Black Russian* in einem Schluck aus. Ich knallte den Becher auf den Tisch und drehte mich, um auf seinen Knien zu hocken. Der Kobold nahm meine Einladung als das, was sie war, und legte eine Hand auf meine Taille. So etwas wie Besessenheit ergriff mich, als ich mich auf die komisch aussehenden Blätter im Topf konzentrierte. Die Ränder kräuselten sich langsam und brannten hell. Ich beobachtete sie, in einem Zustand schwebender Euphorie, die weder Anfang noch Ende zu haben schien. Sie war einfach da und ich existierte in ihr.

Der Kobold krümmte seine Finger und seine Krallenspitzen bohrten sich in meine Haut, direkt unter dem Pullover. Ich stieß einen Seufzer aus und wich zurück. Näher an den Dämon heran. An die Wärme. Sein Arm legte sich um meine Taille und ich spreizte meine Beine, damit er mich zurückziehen konnte. Als ich mich an ihn schmiegte, konnte ich das Stöhnen in meiner Kehle kaum zurückhalten. Zum Teufel mit mir, ich wollte ihn. Ich wollte alle von ihnen. Ich wollte etwas Schweres und Hartes zwischen meinen Beinen spüren und mein Verlangen stillen.

Die andere Hand des Kobolds umklammerte mein Knie, das zwischen seinen Beinen eingeklemmt war. Sein heißer und schwerer Atem ließ mir eine Gänsehaut über den Rücken laufen, als er flüsterte: »Was willst du, Puppengesicht?«

Ich zappelte unruhig auf seinem Schoß, als seine Hand ihre Krallen ausfuhr und langsam mein Bein hinaufkletterte, bis sie in die ausgefransten Löcher meiner dunklen Jeans eintauchte. Ein Seufzer entwich meinen Lippen, als der Griff um meine Taille fester wurde und seine Finger unter mein Shirt schlüpften. Die Berührung seiner Krallen bereitete mir Verlangen und mein Rücken krümmte sich ...

»Nimm deine verdammten Hände von ihr!«

Die Hände auf meinem Körper erstarrten und ich stieß ein Zischen aus. Das war nicht Teil der Abmachung gewesen. Ich richtete meine schweren Augen auf den

Dämon, der es gewagt hatte, uns zu unterbrechen, aber ich war nicht darauf vorbereitet gewesen, Laran und Allistair dort stehen zu sehen.

Larans Gesicht war eine Maske der gefrorenen Wut. Zitternd lehnte ich mich zurück in den Schoß des Dämons, auf dem ich gerade saß. Er fühlte sich nicht mehr so heiß an, und was ich fühlte, war eine Mischung aus Lust und Schmerz.

»Hunger. Krieg, es tut mir leid. Ich wusste nicht, wer ihr ...«

»Ruby! Komm!«, befahl Allistair. Mein Blick wanderte von dem Dämon, der zu explodieren drohte, zu dem Dämon, der mit einer Stimme auf mich zuging, die meinen Magen zusammenzucken ließ. Er griff mit beiden Händen nach mir und riss mich aus dem Schoß des Kobolds, wobei er einen Arm unter meine Knie schob und mit dem anderen meinen Rücken stützte. Ich zappelte in seinem Griff, aber Allistair hielt mich fest.

»Spar dir deine Worte, Kobold! Du hast sie verschleiert und versucht, uns voneinander fernzuhalten, nachdem ich meinen Anspruch geltend gemacht hatte.« Larans Stimme grollte durch den Raum, sodass Glas gegen die Thekenplatten klirrte und zerbrach, als es zu Boden fiel. In meinem Delirium konnte ich nicht verarbeiten, was geschah und warum. Ich spürte nur das Bedürfnis, das mich antrieb. Ich lehnte mich an Allistair und atmete tief ein. Der Rauch füllte meine Lungen und ließ mich in meinem Innersten brennen; ein rasendes Inferno, das sich nicht unterdrücken ließ.

»Ich bringe sie nach Hause, Laran. Sieh zu, dass du dein Chaos aufräumst!«

Laran grunzte zur Antwort und Allistair setzte sich in Bewegung. Wir durchquerten die Bar und entfernten uns mit jeder Sekunde schneller von dem Rauch. Ich schaute über Allistairs Schulter, als wir die Schwelle überquerten und die Glut auf den rauchenden Blättern erlosch. Dann waren wir weg.

In einem Moment standen wir noch vor der Bar auf dem Parkplatz und im nächsten waren wir in einem seltsam vertrauten Badezimmer. Zu Hause, erkannte ich, als er die Badezimmertür öffnete, die zu meinem Schlafzimmer führte. Mein großes Bett ragte vor uns auf und alles, was ich hörte und fühlte, war die Hitze, die von ihm ausging. Ich drehte mein Gesicht zu ihm und biss mir auf meine Lippe, als ich die fiebrige Intensität sah. Seine Augen waren nicht nur bernsteinfarben. Sie waren geschmolzenes Gold. Er war wütend, aber ich konnte nicht erkennen, warum.

Ich wusste nur, dass ich es ihm austreiben wollte.

Als ich mit dem Rücken auf dem Bett aufschlug und Allistair anfing, sich zurückzuziehen, nahm ich sein Hemd in die Hand und hielt es fest.

»Bleib!« Es war ein einziges Wort – ein Befehl, eine Bitte, ein Flehen. Aber es hallte durch den Raum und auf seiner Haut wider. Ich biss mir erneut auf meine Lippe, als sich seine Augen weiteten und verdunkelten. Er beugte sich vor, angezogen von der Wirkung, die ich auf ihn hatte, als ich mein Verlangen durch die Luft, durch seine Kleidung, über seine Haut und in ihn hinein drängte.

»Ruby«, knurrte er. Der Schmerz in seiner Stimme spiegelte das Brennen zwischen meinen Beinen wider. Ich zog ihn näher zu mir, packte sein Hemd mit beiden Fäusten und zog daran. Die Knöpfe platzten und sprangen weg, als er nur wenige Zentimeter entfernt stehenblieb. Ich knurrte und griff erneut zu, um auch das Unterhemd zu zerreißen. In dem Moment, in dem sich unsere Haut berührte, durchzuckte mich ein heftiger elektrischer Strom, aber es tat nicht weh. Doch das Brennen unter meiner Haut ließ nicht nach. Eine Lust, wie ich sie noch nie erlebt hatte, ergriff von mir Besitz.

»Ich brauche dich«, flüsterte ich. Das Verlangen erschütterte meinen Körper so sehr, dass ich zitterte. Allistair schwebte über mir und musterte mich von oben bis unten, während ich den Kopf schief legte, denn der Succubus in mir wusste genau, wie er mit dem Mann vor mir spielen musste.

»Das sind die Drogen«, knurrte er und die Muskeln in seinen Armen spannten sich an, als er versuchte, den Abstand von mehreren Zentimetern zwischen uns aufrechtzuerhalten.

»Das ist mir egal. Es tut weh«, wimmerte ich. Allistairs Augen blitzten auf und er holte tief Luft, bevor sich ein Entschluss über ihn zu legen schien. Er wich einen Schritt zurück, als ich mich schnell nach vorne setzte, um ihn aufzuhalten. Er schlang seine Hände um meine Handgelenke und hielt mich auf Armlänge fest, machte aber keine Anstalten, mich loszulassen. Behutsam schob er mich nach hinten, bis ich mit dem Rücken das Bett berührte, und ließ meine Arme nur mit Mühe und Not los.

»Ich werde dafür sorgen, dass es verschwindet, Ruby, aber du musst tun, was ich dir sage«, murmelte er. Ich nickte, als er seine Anzugjacke und seine zerrissenen Hemden auszog. Ich umklammerte die Laken, während ich seinen Duft einatmete und auf ihn wartete. Ich bewunderte seine Form, die Wellen seiner Muskeln, die Konturen seines Bauches, die unter der Linie seines Gürtels verliefen ... Er ließ sich vor mir auf die Knie fallen und gab mir ein Zeichen, mich wieder aufzusetzen. Ich hasste es, wenn man mir sagte, was ich tun sollte, aber der pochende Schmerz zwischen meinen Beinen wollte einfach nicht verschwinden.

Langsam schob er seine Finger unter meinen Pulloversaum und zog ihn aus. Die frische Luft traf mein Fleisch und ich keuchte auf. Er legte einen einzelnen Finger auf meine Lippen und befahl mir, still zu sein. Da ich wusste, dass es rebellisch war, öffnete ich meinen Mund und biss auf seinen Finger, woraufhin er ein scharfes Zischen ausstieß. Ohne Vorwarnung lag ich auf dem Rücken, meine Beine baumelten über die Bettkante und meine Jeans war zerrissen. Ich versuchte, mich aufzusetzen, aber er zwang mich auf die Seite und hielt beide Arme über meinem Kopf fest, während er sich neben mich legte.

»Lass mich ...«

»Shhh ...«, flüsterte er in meine Ohrmuschel. Seine andere Hand umfasste meine Hüfte und begann, meine

Haut zu streicheln, während er mit seiner Hand meinen Körper hinauffuhr.

»Ich werde keinen Sex mit dir haben, Ruby. Nicht heute Nacht. Du wirst dich kaum an diesen Abend erinnern, und ich will nicht, dass du das erste Mal vergisst, wenn ich dich zum Schreien bringe.« Er drückte meine verhärteten Brustwarzen durch die weiche Baumwolle meines BHs. Als er den BH herunterzog, überließ er meine Brust der kühlen Luft und legte seine geschickten Finger um meine harten Nippel, wobei er seinen Daumen rollen ließ, um mir einen scharfen Lustschrei zu entlocken. Ich stieß ein leises Stöhnen aus, als seine Lippen über meinen Hals strichen, und ein kehliges Knurren entfuhr mir, als er hart zubiss und damit eine Welle der Lust durch meinen Körper jagte.

»Ich werde dich nicht einmal küssen«, fuhr er fort. Er ließ seine Hand von meiner Brust nach unten gleiten, streifte leicht meine Rippen und ließ sich auf dem Scheitelpunkt meiner Oberschenkel nieder, wo er mich über meiner Baumwollunterwäsche berührte.

»Aber ich werde mich um dich kümmern. Ich werde dir den Schmerz nehmen, Ruby, aber nicht mehr«, flüsterte er gegen meine nackte Schulter, während seine Finger über mein Geschlecht rieben. Mein Kopf wippte, als ich mich ihm entgegen wölbte.

»Bitte!«, stöhnte ich. Allistair biss fester zu und ich stieß einen spitzen Aufschrei aus. Meine Haut platzte auf, aber es fühlte sich so gut an. Ich wehrte mich gegen seine Hände, aber er ließ es nicht zu.

»Ich werde dich loslassen. Und du wirst tun, was ich

sage, wenn du deine Erlösung willst. Hast du das verstanden?«

Ich wimmerte als Antwort.

»Versprich es mir, Ruby! Sag, dass du brav sein und das tun wirst, was ich dir sage.«

Jeder Teil meines Körpers sehnte sich nach seiner Berührung, also nickte ich und sagte leise: »Ich verspreche es. Aber ... bitte!«

Allistair zog sich von mir zurück und seine gebieterische Präsenz diktierte jede meiner Bewegungen, damit ich das Einzige bekam, was ich wollte. Er befahl mir, mich aufzusetzen. Ich setzte mich auf. Er befahl mir, mich in die Mitte des Bettes zu bewegen. Ich bewegte mich. Er befahl mir, mich auf die Seite legen. Ich tat, wie mir gesagt wurde. Allistair kletterte neben mich und drückte meinen Rücken an seine Vorderseite. Er schob seinen Arm unter die Wölbung in meiner Seite, schlang ihn um meine Taille und fesselte meine beiden Arme gleichzeitig. Ich krümmte mich angesichts der Einschränkung.

»Shhh ... Du hast versprochen, brav zu sein.«

Er ließ seine freie Hand an meiner Hüfte hinunter und in mein Höschen gleiten. Ich öffnete meine Beine so weit, wie es mir möglich war, und er nahm die Einladung an. Dann spreizte er meine Schamlippen mit seinen Fingern und streifte meinen Kitzler gerade so fest, dass ich zusammenzuckte. Ungeduldig drückte ich mich gegen seine Hüften, angetrieben von dem Gefühl, seinen Schwanz an meinem Hintern zu spüren. Er war unglaublich hart und trotzdem wollte er mich nicht haben. Ich knirschte mit den Zähnen, als ich mich an ihm rieb.

Er zischte und seine Finger hielten inne.

Etwas Dunkles und Hässliches entfaltete sich in meiner Brust, aber ich hielt es zurück und stoppte jede Bewegung. Seine Finger bewegten sich aufs Neue. Ich versuchte, mein Stöhnen zu unterdrücken, als er mit einem Finger in mich eindrang und ihn mit der Feuchtigkeit meines Verlangens benetzte. Mein Körper bettelte nach mehr, aber er zog es in die Länge.

Ich bewegte mich wieder und presste mich gegen ihn. Abermals hielt er inne.

»Ich werde dich nicht ficken, Ruby. Du nimmst, was ich dir gebe, oder du bekommst gar nichts«, knurrte er. Die Kraft, die von ihm ausging, war nur für einen Moment da, aber sie zwang mich, stillzuhalten. In dem Moment, in dem ich aufhörte, schob er zwei Finger in mich hinein, ließ sie hin und her gleiten und drückte seine Handfläche gegen meine geschwollene, empfindliche Knospe. Ich wölbte meine Hüften und versuchte, mich gegen seine Finger zu bewegen. Sie tiefer in mir zu spüren. Ihr Tempo zu steigern. Allistairs Griff ließ meinem Körper keinen Zentimeter Spielraum, um meinem eigenen Vergnügen so nachzujagen, wie ich es wollte. Er hielt an seinem langsamen, quälenden Angriff fest und ließ einen intensiven Schmerz in mir entstehen, den nur er lindern konnte.

»Mehr!«, flüsterte ich, aber ich traute mich nicht, mich erneut an ihm zu reiben. Nicht, wenn ich so nah dran war. Ich war so verdammt nah dran. Er würde mich belohnen ...

Die Kraft seiner Handfläche gegen meine Klitoris, die sie in rhythmischen, schnellen Kreisen rieb ... seine Finger, die tief in mich eindrangen ... der Druck, der sich aufbaute, zuckte und brannte, als er an Geschwindigkeit zunahm ...

»Komm für mich, Ruby!«, befahl Allistair. Er verteilte eine Spur von süßen Küssen in meinem Nacken, als ich meine Erlösung fand. Sterne explodierten hinter meinen Augen, so heftig und so plötzlich, dass ich nicht schreien konnte. Wellen der Lust durchströmten meinen Körper, als ich mich entlud. Ich konnte nichts anderes tun, als es auszuhalten, während ich bebte und seine Finger mich unablässig bearbeiteten.

In dem Moment, in dem mein Orgasmus aufhörte, zog er seine Hand zurück und Klarheit erfüllte meinen Geist. Ich drehte mich und versuchte, mich ihm zuzu-wenden, aber sein harter, unnachgiebiger Körper hielt mich gefangen, wie er es wollte.

»Schlaf!«, flüsterte er. Das Klopfen seines Herzens war das Letzte, was ich hörte, bevor die Welt schwarz wurde und der Schlaf mich übermannte.

KAPITEL 15

ALLISTAIR

ICH WUSSTE NICHT, OB ICH EIN VERDAMMTER HEILIGER ODER der schlimmste Scheißkerl in ihrem Leben war. Nein, ich konnte nicht der schlimmste sein. Diesen Titel hatte Laran jetzt inne, dank seines kleinen Ausflugs heute Abend. Ein leises Knurren entwich meiner Kehle, bevor ich es unterdrücken konnte. Selbst im Schlaf wölbte sie sich gegen mich. Sie verlangte etwas, das ich ihr unbedingt geben wollte.

Bald. Nur nicht heute Nacht.

Sie würde sich nicht an alles erinnern, was der weiße Lotus mit sich gebracht hatte, aber an genügend. Ich hatte sie nicht ausgenutzt. Das wäre verachtenswert, selbst für mich.

Mein Schwanz zuckte, als sie näherkam, völlig ahnungslos, welche Wirkung sie auf mich hatte. Na ja, nicht ganz. In der letzten Woche hatte sie gedacht, sie würde auf Abstand bleiben. Sie hatte mich ignoriert, so gut sie konnte. Was sie nicht merkte, war, dass ich jedes

Mal, wenn sie mich ansah, das Glitzern des Bedürfnisses in ihren Augen sehen konnte. Ich konnte es spüren, so scharf und schmerzhaft, wie ich mein eigenes spürte.

Der einzige Unterschied war, dass ich sie nicht wegen Larans Mist leiden lassen würde. Auch wenn es mir dadurch schwerer fiel, ihr fernzubleiben und die Finger von ihr zu lassen. Zum Teufel mit Julians Regeln.

Er konnte so viel von Ehre und Pflicht reden, wie er wollte, aber ich kannte die Wahrheit.

Er wollte sie genauso sehr wie der Rest von uns. Er würde nur nicht nachgeben.

Ich war nicht annähernd so selbstlos oder dumm. Deshalb blieb ich hier, in ihrem Bett. Obwohl ich wusste, dass ich hätte gehen sollen. Sie war eine Versuchung; nicht ganz verboten, aber völlig unerwartet. Als Luzifer uns aus den Flammen geholt und uns unsere Bestimmung gegeben hatte, hätte ich mir nie vorstellen können, dass ich sie jemals so ficken wollen würde wie jetzt.

Ich sollte sie vor Männern wie mir schützen. Vor Männern wie Laran, wie Rysten und vor allem wie Julian.

Aber sie war kein Kind, und ich hatte das Kind, das sie einst gewesen war, nie gekannt. Das Baby, das ich vor all den Jahren gesehen hatte, war weg. Vor einer Woche hatte ich noch geglaubt, ich würde mich dafür hassen, weil ich sie nicht früher kennengelernt hatte. Aber was ich wirklich hasste, war, dass ich sie wollte. Wäre ich in ihrer Kindheit hiergewesen, wäre es nie so weit gekommen. Ich würde jetzt nicht in ihrem Bett liegen und darüber nachdenken, sie zu ficken.

Jetzt gab es kein Zurück mehr, nicht, nachdem ihre

Lippen mir Ideen von ihr auf ihren Knien gaben. Ihr kluges Mundwerk könnte ich so viel besser gebrauchen.

Ihr dunkelblaues Haar glitt über meine Brust, als sie sich im Schlaf drehte. So schön. So einzigartig. Sie dachte, wir hätten das falsche Mädchen, aber noch nie hatte ich jemanden mit Haar in der Farbe der Flammen getroffen. Nicht einmal Luzifer. Ich ließ meine Hand durch die glatten Strähnen gleiten und war fasziniert von der Farbveränderung. Das Blau war so dunkel, dass man es für Schwarz halten könnte, bis das Licht ein atemberaubendes Azurblau reflektierte.

»Wo ist sie?« Larans Anwesenheit drängte sich unaufgefordert in mein Bewusstsein.

»Sie ist zu Hause. Was willst du?«, erwiderte ich knapp und strich mit meinen Fingern über ihren Hals. Die Haut war so weich. Geschmeidig. Ein kleines, gehauchtes Stöhnen entwich ihren Lippen.

»Ich werde nach ihr sehen. Kannst du Julian sagen ...«

»Das ist nicht nötig. Ich bin noch bei ihr«, antwortete ich und konzentrierte mich auf das Mädchen vor mir. Sie würden mich bald holen, aber ich wollte mich nicht bewegen. Noch nicht. Nicht, wenn der morgige Tag schon vor der Tür stand.

»Warum bist du noch bei ihr?« In seinem Tonfall lag Herausforderung. Ich runzelte verärgert die Stirn und fuhr mit meiner Hand über ihre Hüftbeuge.

»Weil sie so verdammt high vom weißen Lotus war, dass sie den ersten Mann auf der Straße gejagt hätte, wenn ich sie nicht zum Schlafen gebracht hätte«, schnauzte ich zurück. Es gab keinen Grund, zu erwähnen, was vor dem

Einschlafen passiert war. Nicht einmal ich wäre stark genug gewesen, sie zu beruhigen, wenn ich ihr nicht zuerst gegeben hätte, was sie benötigte. Sie war der stärkste, unverwandelte Succubus, dem ich je begegnet war. Und auch der älteste. Sie benutzte Kräfte, die sie vor der Verwandlung nicht hätte haben dürfen, und hungerte sich dabei auch noch zu Tode. Ich wusste nicht, was in ihrer Vergangenheit vorgefallen war, aber etwas war passiert, das sie bei Männern zögern ließ. Bei männlichen Dämonen sogar noch mehr. Ihr Körper bettelte darum, berührt und erfüllt zu werden, aber ihr Verstand wollte nichts davon wissen.

Jedenfalls nicht bewusst.

»*Wir treffen uns zu Hause. Rysten ist auf dem Weg. Er wird auf sie aufzupassen.*« Ein plötzlicher Anflug von Wut kochte in mir hoch, weil er versuchte, mich von ihr wegzuholen. Er ging sogar so weit, dass er Rysten hinzuzog, den er in der Bar nicht behelligt hatte. Der Wichser sollte sich daran erinnern, dass es seine Unachtsamkeit gewesen war, die das hier verursacht hatte, und dass ich genauso ein Recht auf sie hatte wie er.

»*Fühlen wir uns etwas unbeholfen, Krieg?*« Ich knurrte im Geiste zurück und ließ meinen Unmut mitschwingen. Ruby zuckte zusammen und stieß mich zurück. Ihr Geist war so stark wie ein Eisen, das direkt aus der Flamme gehoben wurde. Sie durchdrang mühelos meine Abwehrschilde und versetzte mir einen scharfen Stich in mein Innerstes. Sie griff mich dort an, wo kein Dämon jemals zuvor die Kraft dazu gehabt hatte. Ich wich zurück und fing mich ab, als ich aus ihrem Bett kippte.

Hatte sie meinen Unmut gespürt? Hatte sie deshalb um sich geschlagen? Oder war es etwas anderes?

Noch neugieriger war ich, woher diese Kraft kam, die sie vorher nie angedeutet hatte. Ich wusste, dass etwas in ihr lauerte, so wie es auch bei ihrem Vater der Fall gewesen war.

Ich beobachtete sie noch einen Moment lang und das Blut in meinen Adern rief mich zurück in ihr Bett. Sosehr ich es auch hasste, ich musste zurück und berichten, was gerade passiert war.

Es schien, als hätte unser Mädchen mehr zu bieten, als man auf den ersten Blick erkennen konnte.

KAPITEL 16

Die Vögel zwitscherten. Die Bienen surrten. Es war Samstagmorgen und ich musste nicht arbeiten. Das Hämmern in meinem Kopf erinnerte mich an die schlechten Entscheidungen, die ich am Abend zuvor getroffen hatte. Zum Beispiel, mich von Laran in eine Dämonenbar mitnehmen und mich auf dem Schoß eines widerlichen Kobolds befummeln zu lassen. Oh, und nicht zu vergessen, dass ich die Nacht damit beendet hatte, mich auf Allistair zu stürzen.

Ja. Die letzte Nacht war für jedermanns Verhältnisse eine Scheißshow gewesen.

Ich wollte Laran anschreien und ihm vorwerfen, dass er mich überhaupt in diese Situation gebracht hatte, aber es war nicht wirklich er gewesen, der mich dazu gezwungen hatte. Er hatte mich nicht dazu gebracht, high zu sein. Ich war mir auch sicher, dass er mich nicht dazu gebracht hatte, Allistair zu verführen. Sosehr ich mir also auch einen Schuldigen wünschte – es war alles meine Schuld, und das war verdammt scheiße.

Ein Dämon zu sein und eine niedrige Hemmschwelle zu haben, war nicht immer so lustig, wie die Leute vielleicht dachten. Am Ende des Tages oder besser gesagt am nächsten Morgen, mussten wir trotzdem aufwachen und mit den Konsequenzen leben.

»Ich nehme vier Portionen Bacon und eine Tasse Kaffee. Danke, Martha!«

Jepp. Meine Konsequenzen bestanden darin, dass ich mich in Marthas Diner versteckte und mir vier Portionen Bacon gönnte, während ich an meinem üblichen Tisch saß und über die schlechten Entscheidungen meines Lebens nachdachte. Ich tat gerne so, als wäre das eine Vorbelohnung für das nächste Mal, wenn ich mich entschied, das Richtige zu tun, aber ehrlich gesagt war es nur ein weiterer Samstagmorgen, und das bedeutete, dass diese Nische der einzige Ort war, an dem sich mein Arsch befinden würde.

Das Klingeln der Tür riss mich aus meinen inneren Grübeleien. *Bitte, sei nicht Kendall!* Ich war heute nicht in der Stimmung, mich mit ihrem Kram zu beschäftigen. Als ich mich umdrehte, ließ die Machtverschiebung, die durch den Raum sickerte, keinen Zweifel mehr daran, wer tatsächlich eingetreten war.

Goldene Augen bohrten sich in meine und das flaue Gefühl in meinem Magen wurde zu einem Anker, der mich auf den Linoleumboden zerrte. Ich wollte auf der

Stelle verpuffen, aber nicht einmal mein Verschwinden würde mich vor der Peinlichkeit der letzten Nacht bewahren. Ich richtete meine Wirbelsäule auf und hielt meinen Kopf hoch.

»Ich war bei dir am Laden, aber du hast samstags geschlossen«, sagte er. Er war nicht laut, aber seine Stimme wurde durch den Raum projiziert, sodass ich ihn von der anderen Seite des Diners hören konnte. Zum Teufel mit ihm! Nach Kendall und nun Allistair würden die Samstagsgäste nicht glücklich mit mir sein. Ich beschloss, ihn zu ignorieren, aber ich wusste, dass er nicht verschwinden würde. »Was für eine Tätowiererin bist du? Das macht nicht viel Sinn.«

»Es ist der einzige Tag, an dem ich freihabe, und das ist so, seit ich angefangen habe, mich um mich selbst zu kümmern. Wenn du mich jetzt entschuldigen würdest ...« Ich ließ meine Stimme ausklingen und machte damit deutlich, dass ich wollte, dass er ging. Wie dumm von mir, dass ich dachte, einer der Reiter wüsste, wie man den Wink mit dem Zaunpfahl verstand.

»Ziemlich einschränkend, findest du nicht?«, fuhr er fort und durchquerte das Lokal mit gleichmäßigen, gemessenen Schritten. Ich knurrte leise, unterdrückte aber den Drang, ihm einen Salzstreuer an den Kopf zu werfen.

»Wenn jemand ein Tattoo haben will, kann er an den anderen sechs Tagen der Woche vorbeikommen. Ich bleibe nicht bis zwei Uhr morgens an einem Samstag im Laden, damit betrunkene Idioten hereinstolpern und sich etwas stechen lassen können, das sie am nächsten

Morgen bereuen werden. So führe ich mein Geschäft nicht und es ist eine echte Möglichkeit, seinen Namen zu beschmutzen.« Ich lehnte mich in der Nische zurück und verschränkte meine Arme vor der Brust.

»Wenn du meinst«, sagte er, als er den Tisch erreichte. Er legte mir eine Hand auf die Schulter, und ich schlug sie sofort weg, als wäre er eine lästige Fliege und nicht jemand, dessen jede Bewegung ich genauestens wahrnahm.

»Was willst du?«, keifte ich ihn an. Allistair grinste mich an, als wüsste er *genau*, woran ich gedacht hatte.

»Dich«, sagte er unverblümt, ohne den Anstand zu haben, seine Stimme zu senken. So eine verdammte Frechheit. Ich schluckte hart und freute mich, dass die Füchsin in mir von der brodelnden Wut, die mich durchströmte, unterdrückt wurde. Ich öffnete den Mund, um ihn zurechtzuweisen, aber er legte mir auf die öffentlichste sexuelle Art und Weise, die möglich war, einen Finger auf die Lippen.

»Aber, aber, Ruby! Kein Grund, eine Szene zu machen. Ich bin schließlich dran.«

Ich überlegte, ob ich ihn beißen sollte, um meinen Standpunkt klarzumachen, aber das Husten hinter ihm und der Geruch von Bacon ließen mich innehalten. Allistair trat zur Seite und nahm den Platz mir gegenüber ein, während Martha meinen Speckhaufen und eine Tasse dampfenden schwarzen Kaffee hinstellte.

»Gibt es hier ein Problem, Ruby?«, fragte Martha. Ihre scharfen braunen Augen richteten sich auf Allistair. Es wäre nicht das erste Mal gewesen, dass mich ein Idiot nicht in Ruhe ließ. Wenn Allistair doch nur ein Stalker wäre. Das war er aber nicht, und selbst wenn Martha ihn hinauswerfen sollte, würde er mich später erneut aufsuchen. Besser jetzt in der Öffentlichkeit, wo er keine Dummheiten machen konnte.

»Mir gehts gut, Martha. Danke!«, sagte ich. Sie beobachtete ihn noch einen Moment lang, bevor sie sich zu mir umdrehte.

»Wenn du etwas benötigst, ruf einfach! Der alte Ben hat hinten einen Baseballschläger für die ganz Hartnäckigen.« Ich verschluckte mich an meinem Kaffee und winkte schweigend ab. Sie warf Allistair noch einen letzten verächtlichen Blick zu, bevor sie uns verließ.

»Die alte Frau denkt, sie müsste dich vor mir beschützen«, bemerkte Allistair, während ich einen Schluck Kaffee nahm.

»Ist dem so?«

Allistairs Augen flackerten mit einer Art von Belustigung, aber das war nicht alles, was darin lauerte. Onyxflecken wirbelten um seine Iris; faszinierend, aber tödlich. Allistair war der Reiter des Hungers und, soweit ich das beurteilen konnte, der stärkste Incubus, dem ich je begegnet war. Er sagte, er wäre hier, um mich zu beschützen, aber meine verschwommenen Erinnerungen an die vergangene Nacht ließen das nicht vermuten. Da war eine Dunkelheit in seinen Augen, etwas so Scharfes und Schmerzhaftes, aber auf die angenehmste Art und Weise. Ein Raubtier. Und ich hatte keine Lust, seine Beute zu sein.

»Du hast vor mir nichts zu befürchten. Ich gebe keine

Garantien für den Rest dieser Welt, aber ich würde dir nie etwas antun«, sagte Allistair.

»Weil du denkst, dass ich Luzifers Tochter bin?«

Allistair verengte seine Augen und antwortete: »Du bist seine Tochter. Daran habe ich keinen Zweifel.« Seine selbstgefällige Stimme und seine kalte Arroganz waren abstoßend. Ich schürzte meine Lippen und nahm einen weiteren Schluck Kaffee.

»Meine Geburtsurkunde ist kein Beweis«, spottete ich. Ich hatte es immer gehasst, den Nachnamen Morningstar zu tragen, aber in einer Welt voller Menschen wussten die meisten Leute nicht, wie seltsam es war, ein Dämon zu sein, der nach dem König selbst benannt war. In meinen fast dreiundzwanzig Jahren hatte ich nicht ein einziges Mal daran geglaubt, dass mehr dahintersteckte, und in Anbetracht meiner mangelhaften Fähigkeiten hatte ich auch nicht vor, damit anzufangen.

»Deine Geburtsurkunde haben wir nur benutzt, um dich zu orten. Wir brauchten sie nicht, um zu beweisen, wer du bist. Wir wissen, wer du bist. Wir haben es immer gewusst. Wir waren dabei, als du geboren wurdest. Wir waren dabei, als Lola dich aus der Hölle geschmuggelt hat. Rysten hat deine Geburtsurkunde angefertigt, während Luzifer dir sein Mal verpasst hat. Du bist unsichtbar aufgewachsen, weil wir dich brauchten.« Die kontrollierte Leidenschaft, die hinter dieser sanften, honigartigen Stimme lag, ließ mich verstummen. Ich wusste nicht, was ich darauf antworten sollte, denn ich wusste nicht, ob er die Wahrheit sagte. Er klang, als wäre er aufrichtig, aber ich war nicht so dumm, meinen Instinkten zu vertrauen. Dämonen logen. Sie betrogen. Allein seine Fähigkeiten könnten mich wahrscheinlich glauben lassen, der Himmel wäre gelb, wenn ich ihm die Chance dazu gäbe. Außerdem gab es eine Lücke in seiner Geschichte ...

»Ich habe kein Mal.«

Allistairs Blick fiel auf meine Brust und wieder nach oben. Wenn ich es nicht besser wüsste, würde ich sagen, dass er mich abcheckte. Ich öffnete meinen Mund, um ihm zu sagen, wohin seine Augen gehörten, als ...

»Ruby!«

Verdammt! Ich kannte diese Stimme. Sie gehörte zu der einzigen Person in Portland, die mich sowohl aus Mitleid als auch aus Verärgerung zusammenzucken ließ.

»Kendall«, murmelte ich leise und rollte mit den Augen. Ich nahm einen langen Schluck von meinem Kaffee und hoffte, sie würde sehen, dass ich mit jemandem zusammen war, und gehen. Leider war das nicht der Fall.

»Was tust du hier? Nach dem, was du mit meinem Auto gemacht hast, solltest du Hausverbot bekommen«, höhnte sie und stapfte auf unseren Tisch zu.

»Ich weiß nicht, wovon du sprichst«, tat ich unschuldig, während ich mein Gesicht zu einem gelangweilten Ausdruck verzog. Ihre braunen Augen funkelten hasserfüllt, bis sie sich der Person zuwandten, die mir gegenübersaß. Ich wusste nicht, ob es daran lag, dass Allistair Sex-Appeal ausstrahlte, oder ob sie es wirklich nicht ertragen konnte, einen Mann in meiner Nähe zu sehen. Ihre Augen wanderten über seinen Designeranzug und sein dunkles Haar und wurden von Sekunde zu Sekunde lüsterner und eifersüchtiger. *Oh, Mann! Es geht wieder los.*

»Wer magst du sein?«, fragte sie und wartete auf seinen Namen. In ihrer Stimme lag ein subtiles Schmeicheln, das wohl verlockend klingen sollte, sie aber stattdessen verzweifelt erscheinen ließ. Allistair riss seinen Blick von meinem Gesicht los und betrachtete sie abschätzig.

»Ich bin ein Freund von Ruby«, sagte er kalt. Ich war mir nicht sicher, ob ich in meinem Kopf einen kleinen Beifallstanz aufführen oder mich über den giftigen Blick, den sie mir zuwarf, aufregen sollte.

»Ich wäre vorsichtig, wenn ich mit einem Mädchen mit ihrer *Vorgeschichte* zu tun hätte. Eines Tages wird sie so viel Ärger am Hals haben, dass selbst der Herrgott sie nicht mehr retten kann«, sagte Kendall. Ihre Worte sollten abschreckend wirken, aber ihre angedeutete Drohung beunruhigte mich nicht.

»Du kannst niemanden retten, der bereits verdammt ist«, murmelte ich leise.

»Gibst du deine Indiskretionen zu?«, fragte Kendall barsch.

»Nur wenn du deine zugibst.« Sie errötete auf der Stelle und ich zog eine Augenbraue hoch.

»Ich weiß nicht, wovon du redest«, sagte sie steif. Ich knabberte genervt an einem Stück Bacon, weil ich wusste, dass sie das ärgerte.

»Ist das nicht mein Satz?«, schoss ich zurück und

versteckte ein Grinsen hinter meiner Kaffeetasse. Sie kniff die Augen zusammen und strich sich ihr gelbes Kleid glatt. Vor anderen Leuten war sie immer so prüde und korrekt.

»Ich habe keine Ahnung, was Josh jemals in dir gesehen hat«, sagte sie abfällig.

»Selbstrespekt und verdammte Großartigkeit«, antwortete ich scherzhaft. Kendalls Mund verzog sich zu einer festen Linie, und obwohl es recht amüsant war, sie auf die Palme zu bringen, wollte ich, dass sie ging.

»Mein Anwalt wird sich melden«, sagte sie grimmig. Sie wollte sich gerade abwenden, als Allistair ihr die Hand entgegenstreckte. Sie erstarrte mitten in der Drehung und blickte zurück.

»Gib ihm unbedingt meine Karte! Ich werde Ruby von nun an vertreten«, sagte Allistair mit einer Stimme ohne jegliche Wärme. Ich war selbst ein bisschen geschockt, denn ich hielt ihn weder für einen echten Anwalt noch für geeignet, mich wegen eines Strafzettels zu vertreten, geschweige denn wegen Brandstiftung. Das wollte ich aber nicht vor ihr sagen.

Ihre perfekt manikürten Nägel ragten wie Krallen in die Höhe, als sie die Karte nahm und mir ihre hasserfüllten Augen zuwandte.

»Ich wäre vorsichtig, mit wem du für einen Gefallen schläfst, Ruby. So wie er aussieht, hast du wohl mehr abgebissen, als du kauen kannst«, sagte sie mit einem listigen Lächeln.

»Danke für deine Besorgnis, aber ich glaube, ich komme schon zurecht. Eine kleine Tracht Prügel hat noch niemandem geschadet«, fauchte ich. Bevor ich darüber nachdenken konnte, waren die Worte bereits aus meinem Mund.

Kendalls Gesicht lief rot an, als sie sich umdrehte und aus dem Lokal marschierte, wobei sie »*Satanisten*« murmelte. Im Diner wurde es merkwürdig still, denn die anderen Gäste taten so, als wären sie mit den Tagesnachrichten oder einem Fussel auf ihrem Hemd beschäftigt. Sogar am Tresen ließ sich Martha Zeit, um die Bestellungen aufzulisten, wenn auch mit einem Grinsen im Gesicht. Ich leerte den Rest meines Kaffees, während Allistair leise schmunzelte.

»Weißt du, ich bin kein Freund von Prügel, aber ich bin mir sicher, Julian würde dir gerne helfen, wenn du ...«

»Hör auf zu reden!«

»Gibt es etwas anderes, das du lieber tun würdest?«, fragte er und das böse Funkeln in seinen Augen erzeugte ein Ziehen in meinem Magen.

»Nicht mit dir.«

»Das klang gestern Abend aber ganz anders«, meinte er. Ich warf ihm einen harten Blick zu, obwohl ich mich innerlich schmutzig fühlte. Schmutzig, weil ich mochte, woran ich mich erinnerte. Ich mochte es sehr, aber wir waren beide nicht ganz bei Trost gewesen, als wir es taten.

»Das wird nicht wieder vorkommen. Dafür kannst du dich bei Laran und dem *Black Brothers* bedanken«, murmelte ich.

Allistair sah mich noch einen Moment lang an. »Vielleicht. Aber wir haben eine Ewigkeit zusammen, und ich freue mich auf jede Minute davon, wenn du das erst einmal begriffen hast.« Seine Worte jagten mir Schauer über den Rücken, die sich sowohl gut als auch schlecht anfühlten.

Ich hätte meine eigene Warnung vor dem Spiel mit dem Feuer beherzigen sollen.

KAPITEL 17

D󠀭as scharfe Klopfen an meiner Bürotür ließ mich zusammenzucken. Mein Kopf schlug gegen die Hängelampe und ich fluchte leise vor mich hin. Seit die Reiter aufgetaucht waren, ging es drunter und drüber, und da Bandit heute nicht bei mir war, reagierte ich instinktiv nervös. Ich legte die Zeichnung beiseite, an der ich gerade arbeitete, und rief: »Herein!«

Eine Welle grünen Haares fiel durch meine Bürotür, als Moira sich hindurchschob und sie dann hinter sich schloss. Ihre dunkelgrünen Augen musterten mich und ihre waldfarbenen Augenbrauen zogen sich zusammen, als wären sie besorgt, aber ich konnte es nicht spüren. Meine Empathiebegabung reichte nur bis zu einem gewissen Punkt, und während ich normalerweise erraten konnte, wann Bandit sich über etwas aufregte, war Moira komplizierter.

»Stimmt etwas nicht?«, fragte ich und deutete auf

den Stuhl vor meinem Schreibtisch. Sie ignorierte mein Angebot und trat an meine Seite. Sie schob die Papiere auf einen Stapel, setzte sich auf meinen Tisch und ließ ihre Beine ein paar Zentimeter über dem Boden baumeln.

»Ich mache mir Sorgen um dich.«

»Okay«, stieß ich hervor und atmete tief durch. »Geht es um die Reiter?«

»Möglicherweise«, sagte Moira und biss sich auf die Lippe. Sie schaute mich an, als würde sie nach etwas suchen. Ich war dieselbe Ruby wie immer: zerrissene Jeans und ungebürstetes Haar, das nach hinten gezogen war, um meine allgemeine Faulheit zu verbergen. »Ich habe das Gefühl, dass du mir etwas verheimlichst. Ist etwas passiert?«

Ich stieß einen Seufzer aus und dachte über meine Antwort nach. Abgesehen von letztem Freitag, als Laran mich in eine Bar mitgenommen hatte, die mich in eine Art dämonischen Rausch versetzt hatte, war nicht viel passiert. Sicher, die Jungs folgten mir immer noch überallhin und tauchten zu den seltsamsten Zeiten auf, aber ich fing an, mich daran zu gewöhnen. Normalerweise kam Rysten zuerst, dann Laran, gefolgt von Allistair. Julian hatte ich nur wenige Male gesehen, im Gegensatz zu den anderen dreien, die mir mit jedem Tag mehr Fick-mich-Vibes vermittelten. Ich war mir nicht sicher, wie viel Zeit sie mit mir verbrachten, um mich zu schützen, und wie viele Stunden sie versuchten, ihre Krallen in mich zu schlagen.

Moira hustete und ich blinzelte einmal. *Mist!*

»Also«, sagte sie mit zusammengekniffenen Augen, »da ist doch etwas passiert, oder?«

Ich lehnte mich in meinem Stuhl zurück und stellte meine Füße neben ihr auf die dicke Glasfläche. Den Kopf kippte ich nach hinten, um meine Wirbelsäule zu entspannen, während ich an die Decke starrte und die Staubkörner zählte.

»Nichts Bestimmtes per se. Es waren nur ein paar lange Tage.«

»Die Reiter werden besitzergreifend.«

Das hatte ich aus ihrem Mund nicht erwartet. Sie war nicht wirklich oft mit uns zusammen gewesen und ich hatte es nicht erwähnt. Ich knackte geistesabwesend mit den Fingerknöcheln, während ich fragte: »Wie kommst du darauf?«

Ich konnte ihr Gesicht nicht sehen, aber ich vermutete, dass sie mir einen Blick zuwarf, der in etwa das ausstrahlte: »Willst du mich verarschen?« Sie schnaufte leise und ich schmunzelte ein wenig, während ich auf ihre Antwort wartete.

»Josh kam gestern bei uns vorbei, bevor du zu Hause warst, so wie es seine übliche sonntägliche Kriechroutine ist. Ich habe versucht, ihn zu verjagen, aber Laran ist aufgetaucht. Ich glaube, Josh hat sich fast in die Hose gemacht, als Laran meinte, dass du zu ihnen gehörst und er ihn den Höllenhunden zum Fraß vorwerfen wird, wenn er sich dir noch einmal nähert.«

Ich verzog das Gesicht und stieß einen schweren

Seufzer aus. *Ihn den Höllenhunden zum Fraß vorwerfen? Sehr kreativ!*

»Das klingt unangenehm«, sagte ich lahm. Moira antwortete nicht. Ich hob meinen Kopf und sah, dass sie mich beobachtete. Sie war nicht amüsiert.

»Sie haben Gefallen an dir gefunden, Ruby.«

»Das kannst du nicht mit Sicherheit wissen ...« Meine Ausführungen wurden unterbrochen, als sie mir einen Blick zuwarf. Den Moira-Blick. Sie kaufte es mir nicht ab. Ich stieß einen wenig schmeichelhaften Laut aus, der zwischen einem Seufzen und einem Stöhnen lag, und lehnte mich in meinem Stuhl zurück.

»Doch, da tue ich.«

»Es zuzugeben, ändert nichts. Es macht die aktuelle Situation nur noch schlimmer«, murmelte ich und legte einen Arm über meine Augen.

»Vielleicht liegt es daran, dass sie denken, dass sie dich beschützen müssen, vielleicht ist es aber auch mehr. Wenn es nur eine vorübergehende Besessenheit ist, sollten sie irgendwann darüber hinwegkommen ...« Sie hielt mitten im Satz inne und musterte mich genau. »Ich bin keine große Hilfe, was?«

Ich wollte nicht unhöflich sein. Es war nicht ihre Schuld, dass ihre eigene Angst auf mich übersprang und mein etwas vorsichtiges Gehirn wie eine Polizeisirene aufleuchten ließ, die mir sagte, dass ich schnellstens verschwinden sollte. Ich hatte lange genug die Emotionen anderer auf mich wirken lassen, um den Unterschied zwischen dem, was ich fühlte, und dem, was sie mir ungewollt aufzwangen, zu erkennen. Mit Moira schien ich aber mehr im Einklang zu sein und wusste nicht, wo ich die Grenze ziehen sollte.

»Nicht wirklich. Ich weiß, dass du es gut meinst, aber das Beste, was ich tun kann, ist, es einfach so hinzunehmen. Es ist ja nicht so, als hätte ich die Option, sie dazu zu bringen, mich in Ruhe zu lassen. Außerdem«, sagte ich und legte eine sanfte Hand auf ihr Knie, »sind sie gar nicht so schlimm. Julian ist etwas unnahbar und Allistair provoziert mich gerne. Laran ist ziemlich cool, wenn er nicht gerade ›War Smash‹ spielt, und Rysten ist ...« Ihr sanftes Lächeln wurde sauer und sie schlug meine Hand weg.

»Tu das nicht! Du weißt, dass ich es nicht mag, wenn du meine Gefühle manipulierst. Das ist seltsam«, sagte sie.

Ich hob eine Augenbraue. »Es ist seltsam, wenn ich dir helfe, dich besser zu fühlen, aber es ist nicht witzig, wenn du das Trommelfell von Leuten zum Platzen bringst?«, fragte ich und unterdrückte ein Grinsen. Sie nickte ohne eine Spur von Humor. »Wie auch immer.« Ich rollte mit den Augen und stand auf, um meine Sachen zu holen.

»Ich bin eigentlich gekommen, um dir zu sagen, dass Rysten hier ist. Ich wollte nur mit dir reden, bevor du gehst. Du kannst ihm und dem Rest der Truppe sagen, dass ich dich am Freitag ausführe. Und nein, sie sind nicht eingeladen.«

Ich hängte mir meine Tasche über die Schulter und schnappte mir meine Schlüssel.

»Es ist mein Geburtstag. Sollte ich nicht diejenige

sein, die bestimmt, wer eingeladen wird?«, fragte ich geistesabwesend. Ich kannte die Antwort bereits. Ich sprach schließlich mit Moira, und normale Menschenlogik würde hier nicht funktionieren. Sie war genauso besitzergreifend wie die Reiter und scherte sich einen Dreck darum.

»Nein, sie haben dich in Beschlag genommen, seit sie aufgetaucht sind, und du wirst nur einmal dreiundzwanzig. Ich habe Pläne für uns gemacht. Sie können sich jemand anderen suchen, dem sie die Nacht über nachstellen wollen«, sagte sie, während sie von meinem Schreibtisch aufsprang und die Tür öffnete. Ich folgte ihr in die Lobby, wo Rysten mit hochgezogenen Augenbrauen stand und uns beobachtete.

»Hast du so lange gebraucht, um ihr zu sagen, dass ich hier bin?«

Sie reagierte sofort gereizt und er grinste wie ein Idiot. Von allen Reitern war er der einzige, dem es wirklich Spaß zu machen schien, sie zu quälen. Nicht, dass sie so unschuldig gewesen wäre.

»Es macht Sinn, dass du Krankheit bist. Du bist eine größere Plage als die anderen drei«, antwortete Moira eisig. Das war nicht einmal besonders lustig, aber die Bosheit, mit der sie es sagte, ließ Rysten schmunzeln.

»Den Spruch habe ich schon ein paar Mal gehört. Du solltest dir vielleicht ein paar neue Witze zulegen, Todesfee«, sagte er und hielt mir seine Hand hin. Ich ignorierte die Einladung und ging zur Tür.

»Wir sehen uns heute Abend«, rief ich über meine

Schulter, ohne auf eine Antwort zu warten. Die kühle Herbstluft traf mich mit voller Wucht und strich mir die Strähnen meines unordentlichen Duttes aus dem Gesicht. Der Himmel war mattschwarz und passte zum Zement der Stadt, aber der Wind heulte, während er totes Laub durch die Gassen von Portland trieb.

»Was steht heute Abend auf dem Programm, Liebes?«, fragte Rysten und schlenderte neben mir her; seine Schritte waren so leise wie der Tod.

»Ich bin müde. Ich glaube, ich gehe nach Hause und schaue mit Bandit *How to Get Away with Murder*«, sagte ich.

Rysten runzelte die Stirn. »Du bist eine Dämonin. Ich glaube nicht, dass es so schwer ist, herauszufinden, wie man mit einem Mord davonkommt, aber wenn du jemanden brauchst, kann ich das für dich tun ...« Seine Stimme wurde leiser, als ich zum ersten Mal seit einer Woche so richtig lachen musste. Ich musste mich mit einer Hand an meinem Auto abstützen, als mir das Wasser in die Augen schoss.

»Niemand muss umgebracht werden, Rysten«, sagte ich heiser.

»Aber du hast gesagt ...«

»Es ist eine Fernsehsendung über diese Jurastudenten, die ...« Bei der ersten Andeutung eines Grinsens auf seinen Lippen hielt ich inne. Er beugte sich vor und flüsterte: »Habe ich dich.«

Ich stöhnte leise und öffnete die Tür der Fahrerseite. Dieser Trottel. Er wusste genau, wovon ich gesprochen hatte. Ich knallte die Tür zu und ließ den Motor an. Ich nahm den Fuß von der Bremse, als sich die Beifahrertür öffnete und Rysten neben mir einstieg.

»Sei nicht sauer, Liebes! Du hast gesagt, du bist müde. Ich dachte, du könntest ein Lachen vertragen«, überredete er mich und klimperte mit den Wimpern.

»Aha!«, grummelte ich vor mich hin. Die Worte waren zuckersüß, aber ich glaubte nicht an die Aufrichtigkeit, die ich darin hörte.

»Du sollst wissen, dass Viola Davis eine meiner Lieblingsschauspielerinnen ist«, fuhr er fort. Ich rollte mit den Augen, als ich auf die Hauptstraße einbog.

»Woher weißt du überhaupt, wer sie ist? Ich dachte, du hättest deine ganze Zeit in der Hölle verbracht, bis Luzifer ...« Ich suchte nach einem passenden Wort, das nicht schwachsinnig klang, wenn man berücksichtigte, dass sie ihn für meinen Vater hielten. Sie hatten ihn tausende von Jahren bewacht, und ich hatte keine Ahnung, wie ihre Beziehung zum König der Hölle war. »Bis er, äh ... von uns gegangen ist. Ich meine, ist das nicht deine ganze Aufgabe?«

Rysten schwieg einen Moment, und ich dachte, er würde nicht antworten. »Wir waren zwar zu seinem Schutz eingeteilt, aber er war nicht das, wofür wir geschaffen wurden. Als du auftauchtest, war es, als ob wir endlich den Sinn unserer Existenz erkannten. Wir sollten in der Hölle bleiben, damit niemand erfährt, dass Lola dich rausgeschmuggelt hat, aber stattdessen kamen wir abwechselnd auf die Erde. Wir wussten nicht, wo du warst, und wir sollten auch nicht nachsehen, bis die Zeit gekommen war. Aber hier auf der Erde waren wir dir näher als in der Hölle ...« Er brach abrupt ab, als hätte er mehr gesagt, als geplant.

Meine Fingerknöchel wurden weiß auf dem roten Fell, das das Lenkrad säumte.

Nach und nach fügten sich die Puzzleteile über die Reiter zusammen, und obwohl ich nicht wusste, inwiefern Attraktivität eine Rolle spielte, war ich mir ziemlich sicher, dass ich gerade die Besessenheit verstanden hatte. Wenn sie für Luzifers Tochter, wer auch immer sie war, erschaffen worden waren, machte es Sinn, dass sie sich so zugehörig fühlten.

»Du hast also deine Zeit hier vor dem Fernseher verbracht und so Viola entdeckt?« Ich lenkte das Thema sofort wieder darauf, worüber wir eigentlich geredet hatten. Schließlich wollte ich nicht über den wahren Erben der Hölle nachdenken oder Rysten die Laune verderben, indem ich zum hundertsten Mal darauf hinwies, dass ich diese Rolle nicht ausfüllen würde.

»Ja, manchmal. Ich habe viel Zeit damit verbracht, Konzerte auf der ganzen Welt zu besuchen, Leute zu treffen und etwas über Menschen zu lernen. Ich wusste, dass du wie einer aufwachsen würdest, und die anderen waren zu dumm, um zu denken, dass es für dich beängstigend sein könnte, wenn es so weit ist. Ich wollte derjenige sein, dem du nahekommst.« Er lächelte ein wenig, nicht ganz so unverschämt selbstbewusst, wie ich es gewohnt war, sondern etwas aufrichtiger. Auf dem Rest der Fahrt nach Hause sagten wir nichts mehr.

Als ich den Motor abstellte, konnte ich nicht verhindern, dass mir die Worte aus dem Mund fielen. »Willst du mit reinkommen und mit mir fernsehen?«

Rysten grinste. »Bist du sicher, dass die Grüne damit einverstanden ist?«

»Moira wird leben. Sie hat bereits ihren Anspruch auf Freitagabend angemeldet. Wir gehen aus und sie hat gesagt, dass keiner von euch eingeladen ist«, antwortete ich und stieß meine Tür auf. Ich war angenehm überrascht, dass Josh nicht in meiner Einfahrt wartete, als ich nach Hause kam. Vielleicht hatte Laran ihn wirklich zu Tode erschreckt. Der Gedanke bereitete mir ein obszönes Vergnügen.

»Ich kann nicht sagen, dass mich das sonderlich überrascht. Sie hat gehört, wie ich mit Laran am Handy gesprochen habe, bevor sie dich geholt hat. Er wollte, dass wir dich zu deinem Geburtstag ausführen«, seufzte Rysten. Ich dachte zurück an Moiras unnachgiebiges Drängen. Ja, sie war heimtückisch genug, um das durchzuziehen. Nicht, dass ich darüber schockiert oder verärgert gewesen wäre. Meistens sah ich immer nur einen oder zwei der Reiter auf einmal. Die vier zusammen waren überwältigend, und ich war mehr als froh, das noch etwas länger zu vermeiden.

Ich stapfte zur Haustür und Bandit lugte mit dem Kopf durch die Jalousien. Ich lächelte, als ich die Tür aufschwang und von seinen Umarmungen überwältigt wurde. Er sprang von der Ecke der Couch auf meine Brust und schlang seine Arme um meinen Hals.

»Ich habe dich auch vermisst«, murmelte ich und schaltete das Licht an. Ich warf meine Tasche auf eines der Sofas und trug ihn in die Küche, dann holte ich eine Tupperdose mit gekochtem Hühnchen heraus, erhitzte es in der Mikrowelle und fütterte Bandit mit seinem Abendessen.

Während er aß, entschuldigte ich mich in mein Zimmer und zog mir eine Yogahose an. Als ich mir den dunkelroten Pullover über den Kopf zog, bemerkte ich im Spiegel etwas Seltsames. Zwischen meinen Brüsten befanden sich zwei kleine schwarze Punkte. Ich ging näher heran und fuhr mit den Fingern darüber. Sie waren nicht groß oder ertastbar, aber sie waren in einer geraden Linie angeordnet. Ich runzelte die Stirn.

Was zum Teufel ist das?

Ein Klopfen an meiner Zimmertür ließ mich aufschrecken. »Alles in Ordnung, Ruby?«

Ich verdrehte die Augen und bereute es schon ein wenig, ihn hereingebeten zu haben. Ich ließ meinen Pullover fallen und wandte mich vom Spiegel ab. Ich würde mich später darum kümmern müssen, wenn keine neugierigen Augen jede meiner Bewegungen beobachteten. Ich schlüpfte in den Flur und schloss die Schlafzimmertür hinter mir. Erst als ein warmer Lufthauch meinen Nacken streifte, merkte ich, wie nah Rysten mir war. Ich bekam eine Gänsehaut, wirbelte herum und versuchte, ein wenig Abstand zwischen uns zu bringen, aber in dem engen Flur war das hoffnungslos.

Rystens dunkelgrüne Augen starrten auf mich herab. Intensiv und verschmitzt. Mein Mund wurde trocken und ich schluckte schwer.

»Siehst du etwas, das dir gefällt?«, grummelte er. In

seiner Stimme lag eine Herausforderung, und ich stellte mir vor, wie weich sich sein Haar in meinen Fingern anfühlen würde, sein Kopf ... Ich blinzelte und schob die Gedanken beiseite.

»Ja.« Mein Blick glitt an ihm vorbei, als er anfing zu grinsen. »Meine Couch.«

Rysten fasste sich an die Brust. »Du verwundest mich.«

Ich schnaubte und drückte mich an ihm vorbei, wobei ich meinen Atem anhielt, um seinen Duft nicht einzuatmen. Es war unwahrscheinlich, dass er wie jemand riechen würde, der gerade erst Sport getrieben hatte, denn das wäre doch viel zu bequem, oder? Ich ließ mich in der Ecke meiner übergroßen Couch nieder und lehnte mich auf dem grauen Mikrovelours zurück. Dann streckte ich mich, um die Fernbedienung zu holen, und Rysten setzte sich so dich an mich, dass wir einander berührten. Natürlich. Von allen Plätzen, auf denen er hätte sitzen können, suchte er sich die Zentimeter direkt neben mir aus.

Ich sagte nichts, als ich den TV-Guide aufrief und die fünfte Folge der ersten Staffel einschaltete, aber gerade als ich mich zurücklehnte, legte Rysten seinen Arm auf die Rückenlehne der Couch. Ich warf aus dem Augenwinkel einen Blick zur Seite, und das teuflische Grinsen, das ich auf seinem Gesicht entdeckte, veranlasste mich, mir auf die Wange zu beißen.

Ich verschränkte meine Arme vor der Brust, als die Show begann. Mein dicker Pullover sorgte dafür, dass wir uns nicht direkt berührten, aber von ihm ging eine angenehme Wärme aus. Im Gegensatz zu Allistairs Anwesenheit, die eine sengende Hitze verursacht und ein Bedürfnis in mir geweckt hatte, war Rystens Präsenz eine angenehme Gleichmäßigkeit, die mir Sehnsüchte bereitete. Sie war köstlich und frustrierend zugleich.

Nach fünfundvierzig Minuten, in denen ich still wie ein Stein dagesessen hatte, bewegte ich mich, um es bequemer zu haben ... und Platz zwischen uns zu bringen. Rysten nutzte diesen Moment, um noch näher an mich heranzurücken und mich zwischen ihn und die Couch zu klemmen, während ich im Schneidersitz neben ihm saß.

Ich biss mir fest auf die Lippe und keuchte, als ich Blut schmeckte. Der würzige Geruch von Wundsekret und etwas anderem überraschte mich.

»Bist du in Ordnung?«, fragte Rysten. Ich drehte meinen Kopf ein wenig in seine Richtung und nickte, ohne mich darauf zu verlassen, dass mein Mund funktionierte.

»Du blutest.« Sein Blick fiel auf meine Unterlippe, als ich sie von meinen Zähnen befreite. Er hob seine andere Hand und strich mit seinem Daumen darüber. In meiner Brust brannte es heiß, während sich das Gefühl auch in meinen Gliedern ausbreitete. Adrenalin schoss durch meinen Körper, als er seine Hand wegzog – ein einzelner Tropfen dunkelblauen Blutes zierte sie. Er führte seinen Daumen an die Lippen und seine Zunge schoss heraus, um den Tropfen abzulecken.

Ich hatte keine Ahnung, warum mich das so sehr erregte. Vielleicht war es nicht der Akt selbst. Vielleicht war es der Blick in seinen Augen, die Art, wie er mich beobachtete, während er es tat.

Ich war wie erstarrt und konnte nur zusehen, wie er wieder die Hand ausstreckte und mit dem Daumen über meine Unterlippe fuhr. Ich ertappte mich dabei, wie ich mich an ihn lehnte, während er mit seinen kühlen Fingern über meinen Kiefer glitt.

Ich erschauderte, als sein warmer Atem die empfindliche Stelle an meinem Ohr traf. Seine Lippen berührten mich kaum, als er flüsterte: »Sag mir, wann ich aufhören soll!«

In meinem Magen kochte es, aber mein Gehirn schien nicht zu funktionieren. Ich entspannte mich unter der Wölbung seiner Lippen, als er sie über meinen Kiefer gleiten ließ. Das Letzte, was ich sah, als mir die Augen zufielen, war sein Gesichtsausdruck: hungrig, aber verletzlich. Ein Moment verging, während sich unsere Atemzüge vermischten. Dieser Duft, den ich nicht definieren konnte, erfüllte die Luft um mich herum und berauschte mich, als ich ihn einatmete.

Es war falsch. Ich wusste, dass es falsch war, denn nichts so Gutes war jemals richtig. Es war selten, dass ich jemanden fand, der meine Aufmerksamkeit so sehr fesselte wie er und die anderen Reiter. Ich war ein verdammter Narr, weil ich nachgegeben hatte, und hätte mich fast zurückgezogen. Bis er sagte: »Du bist alles, von dem ich nicht wusste, dass ich es will.«

Seine Lippen trafen meine, sanft und süß, aber die

Sanftheit hielt nicht lange an. Er schob seinen Arm von der Rückenlehne der Couch und legte ihn um mich, als ich meine Beine lockerte und mich ihm zuwandte. Seine Finger verhedderten sich in meinem Haar, umfassten meinen Hinterkopf und zogen mich näher zu sich, während seine Zunge den Saum meiner Lippen teilte. Er lockte mich. Er forderte mich heraus. Ich griff nach seinem Hemd und zog ihn näher an mich heran, als ich es seit langer Zeit mit jemandem gewagt hatte – abgesehen von der Nacht neulich natürlich. Das war nur meiner Intoxikation zuzuschreiben gewesen. Es war berauschend und beängstigend, aber die Luft knisterte mit einer Spannung, die sich nicht leugnen ließ.

Ich küsste ihn, als hinge mein Leben davon ab, aber das war nichts im Vergleich dazu, wie seine Lippen mich zerstörten. *Scheiß auf das Leben!* Er küsste mich, als läge er im Sterben. Als wäre dies der erste und letzte Kuss, den wir je haben würden – und vielleicht war er das auch. Aber er war sehr gut darin, ihn in mein Gedächtnis einzubrennen.

Er brach den Kuss ab, als ich merkte, dass ich Luft brauchte, um nicht ohnmächtig zu werden, aber seine Lippen verließen mich nicht. Er küsste meinen Kiefer und hinterließ stechende Bisse in meinem Nacken. Ich reckte mich dem Schmerz entgegen, drängte ihn stillschweigend weiter und ermutigte ihn, mir mehr zu geben. Er zog den Zipfel meines Pullovers zur Seite und entblößte meine Schulter, damit er jeden Zentimeter von mir schmecken konnte. Dann hinterließ er eine Spur geröteter Haut und leichte violette Zahnabdrücke am

Rand meiner Schulter, bevor er sich auf den Rückweg machte. Ein leises Stöhnen entwich meinen Lippen, als seine Zähne über die empfindliche Stelle an meinem Hals, direkt unter meinem Ohr, kratzten.

Seine Hände wanderten zu meinen Hüften, als ich mich auf seinen Schoß setzte und mich an die harte Beule unter mir presste. Sein Atem zischte zwischen seinen Lippen hindurch, und er biss auf mein Ohrläppchen.

»Was willst du?«, fragte er. Meine Hände schienen sich von selbst zu bewegen, als sie unter den Saum seines Hemdes glitten. Er biss wieder in mein Ohrläppchen, dieses Mal mit etwas mehr Druck. Ich stieß ein weiteres Stöhnen aus, als er sagte: »Was. Willst. Du? Sag es mir! Schon bald werde ich nicht mehr aufhören können.«

Sein Atem war kalt auf meiner brennenden Haut.

Ich versuchte, so schnell wie möglich von seinem Schoß herunterzukommen, aber er ließ mich nicht los.

»Lass mich los!«, sagte ich. Ich biss mir auf die Innenseite meiner Wange, um nicht zu stöhnen, als seine Hand unter mein Shirt glitt. Die Kreise, die er mit seinem Daumen über meinen unteren Rücken malte, lösten ein Inferno in meiner Selbstbeherrschung aus, aber ich blieb standhaft.

»Warum?«, murmelte er und lehnte sich an mich.

»Weil wir das nicht tun können.«

»Nenn mir einen Grund und ich lasse dich los«, flüsterte er, sein Gesicht an meinem Hals, seine Worte auf meiner Haut. In der letzten Woche hatte ich dieses Gespräch vermieden, genau wie im Diner, als Allistair mich zur Rede gestellt hatte. Gefangen mit Rysten zwischen meinen Beinen musste ich jetzt etwas sagen. Sonst wäre, was auch immer als Nächstes passierte, meine Schuld.

»Sag mir, *warum* du mich willst!«, sagte ich. Rysten fuhr mit seinen Lippen an meinem Schlüsselbein entlang und seine Nicht-Antwort war aufschlussreich genug. »Du weißt es nicht einmal, oder? Das ist ja das Problem. Du hast keine andere *Wahl*, als mich zu wollen, und ich kann nicht mit jemandem vögeln, der keine Wahl hat.«

»Ruby, hast du dich die ganze Zeit mit dem Gedanken gequält, dass wir dich nur wollen könnten, weil wir keine andere Wahl haben?«, fragte er und ein Lächeln umspielte seine Lippen. Ich fand das nicht im Geringsten lustig.

»Ich habe noch nie einen Mann getroffen, bei dem das nicht der Fall ist«, antwortete ich knapp. Er schob seine ganze Hand unter meinen Pullover und drückte sie gegen meinen Rücken.

»Wir hatten dieses Gespräch schon einmal. Ich bin kein Mann.«

»Mann. Dämon. Du bist trotzdem männlich. Ihr seid alle gleich, was mich betrifft. Mich haben auch schon Frauen angemacht, es ist also nicht geschlechtsspezifisch. Wenn ich mit dir schlafe, ist es nicht deine Entscheidung, und das ist eine Art Vergewaltigung, wenn du mich fragst.«

Rysten konnte sich das Lachen nicht verkneifen. Ich stieß gegen seine Brust und versuchte, mich von ihm loszureißen, aber er ließ nicht locker. Sein Lachen verstummte und die Luft zwischen uns wurde dicker.

»Ruby, Liebes, ich kann nicht glauben, dass wir dieses Gespräch jetzt führen, aber wenn es nötig ist, damit du dich wohlfühlst, dann werden wir es tun. Ich will *dich*. Und nicht, weil es mein Job ist oder weil du ein Succubus bist. Glaubst du, ich kann die Anziehungskraft eines Succubus nicht überwinden? Dass die Verlockung mich gefangen nimmt und mich unfähig macht, meine eigenen Entscheidungen zu treffen? Ja, ich will dich, weil allein der Geruch deiner Haut mich hart macht. Jedes Mal, wenn du dir auf die Lippe beißt, stelle ich mir vor, wie du schmeckst und wie es sich anfühlt, auf genau diese Lippe zu beißen und dich stöhnen zu hören. Aber das sind nicht die *Gründe* dafür. Das sind einfach *Wünsche*.« Er hielt inne und atmete angestrengt aus. »Du hast ein Feuer in dir, das ich schon lange nicht mehr bei jemandem gesehen habe. Eine Wildheit. Ich habe es dir schon einmal gesagt: Du bist nicht so, wie ich dachte. Aber jetzt, da ich dich kenne, weiß ich nicht, wie ich mir dich jemals anders vorstellen konnte. Du bist alles, was wir uns von dir gewünscht haben, und noch viel mehr. Wenn ich mit dir zusammen bin, wird mir klar, wie viel Glück wir haben, dass dich nie jemand vom Hocker gehauen hat, denn ich glaube, keiner von uns hätte ihn am Leben gelassen, wenn er es getan hätte.«

Mir blieb der Mund offen stehen. Ich wusste nicht, was ich dazu sagen sollte. Seine Augen waren dunkel und lüstern, aber er schien nicht die verrückte Besessenheit zu haben, die ich zu sehen gewohnt war. Wenn das so wäre, würde er viel mehr herumfummeln und könnte seine Gedanken sicher nicht so gut aneinanderreihen.

»Woher weißt du, dass du nicht unbewusst beeinflusst wirst?«, fragte ich.

»Dir ist doch klar, mit wem du sprichst? Du weißt, was ich bin. Ich wäre ein schlechter Reiter, wenn ich nicht das Wissen oder die Kraft hätte, das Verlangen zu bekämpfen. Und nicht einmal du, die Erbin der Hölle, bist stark genug, um mich zu zwingen, etwas gegen meinen Willen zu tun. Deshalb wurden wir geschaffen: um die Einzigen zu sein, die dich beschützen und ausgleichen können.«

Abgesehen von dem Teil mit der Höllenerbin hatte er nicht ganz unrecht. Die Legenden erzählten nie, was für Dämonen sie waren, sondern nur, was man vorfand, wenn man ihnen in die Quere kam. Ich konnte seiner Logik nicht widersprechen, dass meine wenigen latenten Kräfte nicht annähernd ausreichten, um ihn in die Schranken zu weisen.

Dann öffnete sich die Tür. Und Moira kam herein. Ihr Blick schweifte zwischen Rysten und mir hin und her und sie stieß einen dramatischen Seufzer aus.

»Ich verstehe, warum du anfängst, zu denken, dass sie nicht so schlimm sind«, kommentierte sie. Mein Gesicht brannte, als eine dunkle Röte über meine Wangen kroch. Ich wich zurück und dieses Mal ließ Rysten mich los. Moira zog eine Augenbraue hoch und nickte ihm zu. »Zeit zu gehen, Krankheit!«, sagte sie unumwunden.

Rysten widersprach nicht. Er stand einfach auf und

sagte: »Wir sehen uns morgen, Ruby. Ruh dich etwas aus!«

Ich sah zu, wie er vor meiner Haustür verschwand, und drehte mich dann zu einer ziemlich verärgerten Moira um. Sie sagte kein Wort, als sie zurück in ihr Zimmer ging. Ihr Schweigen war lauter als jedes Wort, das sie hätte sagen können.

KAPITEL 18

Vier Tage waren vergangen, und Moira hatte nicht ein Wort dazu gesagt. Am Morgen, nachdem sie mich mit Rysten gesehen hatte, war ich aufgewacht und sie hatte weitergemacht, als wäre alles normal. Aber das war es nicht. In der Zwischenzeit hatte sie nicht ein einziges Mal über die Reiter gemeckert. Sie hatte sich nicht auf ihre üblichen Mätzchen mit Rysten eingelassen. Sie verhielt sich normal ... aber das war nicht die »normale Moira«, und das machte mich wahnsinnig. Wenigstens waren unsere Pläne für heute Abend noch gültig. Ich hatte früh Feierabend gemacht, in der Hoffnung, mit ihr reden zu können, ohne dass die Reiter auftauchten, aber sie war besonders gut darin, mir aus dem Weg zu gehen, wenn sie es wollte.

Als ich unter der Dusche stand, starrte ich in die Dampfwolke, die mich umgab. Das Wasser war so heiß aufgedreht, wie es ging, und es war immer noch nicht heiß genug. Ich stellte die Düse ab und wrang mit der anderen Hand mein Haar aus. Nasse, dunkle Haarsträhnen klebten an meinen Fingern und schimmerten indigoblau im Licht.

Es klopfte zweimal an der Badezimmertür, bevor Moira rief: »Wir müssen in einer halben Stunde los, wenn wir es vor dem Schichtwechsel schaffen wollen.«

Vor dem Schichtwechsel? Ich runzelte die Stirn und wickelte das lila Handtuch um mich. Das hörte sich an, als würden wir in ein Gefängnis gehen. Ich lief über den kalten, vom Kondenswasser glitschigen Fliesenboden. Der Türknauf war nass in meinem Griff, als ich die Klinke drehte und fragte: »Was meinst du damit?«

Moira lächelte und ich sah ein wenig von der umwerfenden Todesfee unter dem glitzernden, blassen Lidschatten. »Wirst du schon sehen!«, sagte sie und machte auf dem Absatz kehrt. Das schwarze Babydoll-Kleid, das sie trug, rauschte nur knapp an ihrem Hintern vorbei und ihre Beine wurden durch eine geblümte schwarze Strumpfhose kaum geschützt. Ihre mintfarbene Haut leuchtete förmlich unter dem durchsichtigen Stoff. Eine Schande, dass die Menschen sie nicht in ihrer ganzen Pracht sehen konnten. Sie würde heute Abend ihren Schleier aktivieren, so wie sie es immer tat, und das schöne Grün würde verschwinden.

Wenigstens würden wir kein Gefängnis crashen. Nicht einmal Moira würde sich dafür in Schale werfen. Es sah so aus, als würden wir in einer unbekannten Indoor-Location feiern gehen, denn draußen herrschten

Minus-Temperaturen und sie mochte die Kälte genauso wenig wie ich.

Ich schloss die Badezimmertür und machte mich an die Arbeit: Ich föhnte mein Haar in weiche Wellen, die das atemberaubende Blau besonders gut zur Geltung brachten. Danach trug ich nur das Nötigste an Make-up auf und machte mich gerade an meinem Outfit zu schaffen, als Moira wieder hereinkam.

»Warum trägst du immer noch einen Bademantel?« Ohne auf eine Antwort zu warten, öffnete sie meine Schranktür. Es dauerte keine Minute, bis sie Sachen von den Bügeln gerissen und sie mir zugeworfen hatte. »Zieh das an! Wir müssen los.«

Ich zog mir die Skinny-Jeans und das Crop-Top an, die sie mir gegeben hatte, und machte mir eine mentale Notiz, eine Jacke mitzunehmen. Moira packte mich an den Schultern und drehte mich in Richtung des metallgerahmten Spiegels. Ein Ast aus Eisendornen umgab meinen spärlich bekleideten Körper. Moira hatte eine gute Wahl getroffen; das Top brachte meine Kurven zur Geltung und schmeichelte gleichzeitig meiner großen Statur.

»Ich denke, du solltest ...«

Ich war wie weggetreten, als mir etwas ins Auge stach. Die Anzahl der Punkte auf meinem Brustbein hatte sich erhöht. Zuvor waren es zwei gewesen, die einander gegenüber saßen. Jetzt gab es einen dritten, der ein paar Zentimeter tiefer auf der rechten Seite thronte.

»Ruby, hörst du mir überhaupt zu?«, unterbrach sie mich und riss mich aus meinen Gedanken.

»Ja«, sagte ich und rieb mir die Stelle auf der Brust, wo die Punkte waren.

»Ausgezeichnet!«, sagte sie schadenfroh und presste ihre Lippen aufeinander, in der Hand ein Paar schwarze Pfennigabsätze. Ich warf einen Blick auf die Schuhe und stöhnte auf. »Worauf wartest du noch? Beeil dich!«

Ich konnte nicht mehr tun, als ihr zu gehorchen. Wenigstens benahm sie sich wie sie selbst.

Innerhalb der nächsten zwei Minuten waren wir aus der Tür und auf dem Weg – mit Nuttenabsätzen und allem, was dazu gehörte. Bandit klammerte sich immer wieder an mein Bein und wollte mitkommen, aber ich wusste, dass er bei der öffentlichen Sause, zu der Moira mich schleppen wollte, nicht willkommen sein würde. Am Ende genügte eine Dose Sardinen, und er war zufrieden, mich gehen zu lassen.

Fünfzehn Minuten und dank Moiras Fahrkünsten fast zwei Autounfälle später hielten wir vor Pandora's Box, dem heißesten und exklusivsten Nachtclub der Stadt. Ich hatte bisher nur Gerüchte darüber gehört, was dort vor sich ging, meistens von meinen Kunden. Wie Moira das anstellen wollte, da reinzukommen, war mir ein Rätsel.

Draußen war der Club schlicht und ohne Fenster oder Türen, abgesehen von dem Vordereingang, vor dem sich eine Schlange gebildet hatte, die bereits den ganzen Block umspannte. Moira fuhr an den Bordstein heran und der Valet, der uns entgegenkam, schürzte fragend die Lippen.

Sie hüpfte aus dem Auto und reichte ihm die

Schlüssel. Dabei ignorierte sie sein Gemurmel darüber, dass er sich nicht sicher war, ob wir am richtigen Ort waren. Ich konnte es ihm nicht verdenken. Ihr zehn Jahre alter Camry passte mit einem kaputten Rücklicht und einer Delle in der Stoßstange nicht wirklich ins Bild. Wie immer war Moira das völlig egal. Sie reichte ihm einen Fünfziger und sagte: »Behalten Sie den Rest!«

Der Valet, der sich über sein Trinkgeld freute, änderte seine Haltung, als ich aus dem Auto kletterte. Mit den verdammten Absätzen war ich über einen Meter achtzig groß. Moira trug ebenfalls beeindruckende Schuhe, sodass unser Größenunterschied fast minimal war. Ich warf einen Blick zwischen ihr und der Schlange hin und her, denn ich wusste nicht, wie es um ihre Füße stand, aber meine waren nicht bereit, drei Stunden in der Schlange zu stehen, nur um an der Tür abgewiesen zu werden.

Als ob sie meine Gedanken gelesen hätte, hakte sich Moira bei mir ein und lehnte sich vor. »Entspann dich! Ich habe Beziehungen«, murmelte sie, während sie uns an den Anfang der Schlange führte. Ein Türsteher warf einen Blick auf uns und gerade, als ich dachte, er würde uns abweisen, erhellte sich sein Gesicht mit einem warmen Lächeln.

»Hey, Moira, ist das die Freundin, von der du mir erzählt hast?«

Moira nickte zaghaft, aber selbst in dem schwachen Licht, das von dem Schild über ihr ausging, konnte ich sehen, wie sich eine leichte Röte auf ihre Wangen schlich.

Der Türsteher ließ wieder seine Grübchen aufblitzen, löste das Seil und ließ uns eintreten.

Wir hatten noch nicht einmal die Schwelle überquert, als ich mich zu ihr beugte und fragte: »Was musstest du tun, um das hinzubekommen?«

Moiras Lächeln wurde noch breiter, als wir die ersten Schritte in die schillernden Lichter des Nachtclubs machten. »Das willst du nicht wissen«, sagte sie und grinste mich an. Sie hatte recht; ich wollte es nicht wissen.

Immer noch Arm in Arm gingen wir auf die Bar zu. Lila und blaue Lichter tanzten über der Menschenmenge auf der Tanzfläche, die so dicht gedrängt war, dass ich nicht daran glaubte, dass selbst Moira zwischen ihnen hindurchschlüpfen könnte. Rhythmische Tanzmusik pulsierte durch den Raum, die Vibrationen prickelten auf meiner Haut und lockten mich mit ihrer hypnotischen Melodie.

Der Barkeeper drehte sich zu uns um und seine goldene Fliege schimmerte im Licht. Moira warf ihm einen herausfordernden Blick zu, während sie ihm mit dem Finger zuwinkte, näherzukommen. Ich verdrehte die Augen, als er fragte: »Was kann ich euch bringen, Ladys?«

»Dirty Martini«, ratterte Moira herunter und schaute erwartungsvoll zu mir herüber.

Ein seltsames Gefühl kroch durch meine Adern. Ich konnte nicht sagen, was es verursachte, aber es gefiel mir nicht.

»Ruby! Welches Getränk?«

»Ich bin mir nicht sicher ...«, murmelte ich. Ich warf

einen kurzen Blick durch den Raum, aber es war kein Dämon in Sicht. Wir hatten schon hunderte Male etwas getrunken und nie war etwas passiert. Warum war ich also plötzlich paranoid? *Weil Drogen und ein Kobold mit grapschenden Händen mitten im verdammten Nirgendwo …*

»Es ist dein Geburtstag«, sagte sie sauer. »Ich habe dem Typen keinen ge…«

»Ein Geburtstagskind also?«, sagte der Barkeeper und unterbrach sie mitten im Satz. Er schenkte mir ein schiefes Lächeln und sagte: »Ich habe etwas für dich. Geht aufs Haus.«

»In Ordnung«, stimmte ich zu. Moira und ich setzten uns an die Bar, und ich warf noch einmal einen Blick in den Club. Es gab einfach so viel zu sehen: die Tänzerinnen und Tänzer, die Lounge, die Wendeltreppe, die zu dunklen Gängen mit unmarkierten Türen führte, die ihre eigenen Geheimnisse verbargen. Alles war in wechselndes violettes Licht getaucht.

»Was glaubst du, was da oben ist?«, fragte ich sie.

»Keine Ahnung.« Sie zuckte mit den Schultern und wandte sich wieder dem Tresen zu, als der Barkeeper mit unseren Getränken kam. Moira nahm einen Schluck von ihrem Martini und stieß einen kleinen Seufzer des Glücks aus, während ich auf das wirbelnde Gebräu vor mir starrte. Es war blassweiß mit zarten, blauen Kringeln. Ich nahm einen gewagten Schluck.

»Oh!«, murmelte ich und blinzelte. Es war gut! Wirklich gut. Er erinnerte mich an eine Piña colada, aber war gleichzeitig spritzig und weniger süß.

»Schmeckt es?«, fragte sie. Ich nickte, während sich

eine gleichmäßige Wärme in meiner Brust ausbreitete. Ich fühlte mich leichter, aber nicht so aufgedreht wie in der Dämonenbar. Ich leerte meinen Drink innerhalb weniger Minuten und bestellte noch einen.

»Ruby?« Ich drehte mich auf meinem Stuhl um, als jemand seine Hand auf meinen Rücken legte. Ich kannte diese Stimme und sie gehörte definitiv nicht in einen Club mit mir.

»Josh?« Das konstante Kribbeln, das sich in mir aufbaute, ließ meine Lippen locker werden. »Wie bist du hier hereingekommen?«

»Ich kenne einen Typen«, sagte er selbstgefällig. Seine Hand hatte sich immer noch nicht bewegt. Er machte es sich gemütlich, als er sich zwischen mich und den leeren Barhocker stellte. Ich runzelte die Stirn.

»Hör auf, mich anzufassen!«, sagte ich. Der Barkeeper erschien in diesem Moment mit meinem Getränk und ich lächelte dankbar. Josh ließ seine Hand von meinem Rücken fallen, wich aber ansonsten nicht von meiner Seite.

»Ich muss einfach mit dir reden, Ruby. Du und ich, ohne deine ... Bodyguards.«

Ich nahm einen großen Schluck von meinem Getränk.

Bodyguards ... Das klang in etwa richtig.

»Josh.« Meine Stimme war selbst für meine Verhältnisse unerträglich laut. »Wie oft muss ich dir noch sagen, dass ...«

»Du verstehst es nicht, Ruby!«

Ich schluckte schwer, als ich seine einst strahlend

blauen Augen betrachtete, die jetzt blutunterlaufen waren ... Aber da war noch etwas anderes. Es sah nicht menschlich aus. *Was ist nur los mit ihm?*

»Ich kann nicht aufhören, an dich zu denken. Ich weiß, dass es dir schwerfällt, mir zu verzeihen, aber bitte hör mich an!«, flehte er. Ich nahm noch einen Schluck von meinem Getränk und war bereit, jeden Hauch von Anstand aus meiner Stimme zu verbannen.

»Lass. Sie. In. Ruhe!«, sagte Moira mit einer Stimme wie der Tod. »Hör auf, ihr zu folgen! Hör auf, in unserem Haus aufzutauchen, um mit ihr zu reden. Wenn ich dich noch einmal bei uns sehe, rufe ich Rysten, damit er sich um deinen Arsch kümmert und dich verschwinden lässt. Hast du mich verstanden, Josh? Geh! Weg!« Moira verteidigte mich mit einer Heftigkeit, mit der ich nicht gerechnet hatte, und sie brachte sogar Rysten ins Spiel. Ich drehte mich zu meiner besten Freundin um und war kurzzeitig fassungslos, aber ihre leuchtend grünen Augen waren auf Josh gerichtet.

»Du verstehst es einfach nicht!«, sagte er lauter als zuvor. »Ich kann nicht essen. Ich kann nicht schlafen. Ich kann an nichts anderes denken als an Ruby!«

Zum Teufel mit ihm, verdammt noch mal! Das Drama wurde langsam lästig.

Seine Besessenheit wurde immer schlimmer, und ich war nicht einmal oft genug in seiner Nähe, um sie zu schüren. Ohne Vorwarnung legte er eine weitere Hand auf meinen Rücken und rieb ihn in fiebrigen, rhythmischen Kreisen. Sein Bedürfnis, mich zu berühren, mit mir *zusammen* zu sein, geriet außer Kontrolle. Ich drehte mich auf meinem Stuhl herum und fletschte die Zähne. Das bisschen Kraft, das ich noch hatte, kam an die Oberfläche und ließ mein Haar knistern.

»Fass mich nicht an, verdammt! Du bist verrückt. Besessen. Und weißt du was? Du und Kendall, ihr habt einander verdient.« Jeder normale Mensch hätte mich schon längst in Ruhe lassen, aber er war nicht mehr normal. Das hier war nicht normal. Er stand so nah an mir, dass ich den Ständer in seiner Hose spüren konnte, und die Art, wie er jedes Mal zuckte, wenn ich sprach, verriet mir alles, was ich wissen musste.

Das war der Grund, warum Succuben sich zurückzogen.

Die Menschen waren schwach. Ich hatte nicht einmal mit ihm geschlafen. Und doch war er genauso verrückt wie der, mit dem ich mit sechzehn geschlafen hatte. Allein die Erinnerung daran ließ mich erschaudern, aber die Angst verwandelte sich in Wut, als mehr Hitze meinen Körper durchflutete.

Moira legte mir eine Hand auf die Schulter und zwang mich, mich zu ihr umzudrehen. Sie packte mich an beiden Schultern und sah mir in die Augen.

»Er ist es nicht wert, Ruby. Das haben wir doch schon einmal erlebt«, sagte sie leise. Es waren die leisesten Worte, die sie benutzen konnte, um darüber zu sprechen, was vor fast sieben Jahren passiert war. »Es ist dein Geburtstag, und ich werde nicht zulassen, dass dieser Verlierer ihn ruiniert. Okay?«

»Du gehörst mir, Ruby!« Das war das Letzte, was er sagte, bevor ich spürte, wie seine wütende Präsenz in der

Menge verschwand. Moiras Mund verzog sich zu einem schmalen Strich, aber wir ignorierten ihn beide, bis er weg war.

»Danke!«, flüsterte ich.

»Wofür?«, fragte sie und legte den Kopf schief.

»Dafür, dass du immer da bist.«

Sie lockerte ihren Griff um meine Schultern und schlang ihre Arme um mich. »Ich werde immer hier sein. Auch wenn du mir nichts erzählst«, murmelte sie in meine Schulter. Ein Hauch von Schuldgefühlen durchfuhr mich, als ich mich unscharf an die letzten paar Tage erinnerte.

»Das tut mir leid. Ich bin einfach ... verwirrt, wenn es um sie geht. Ich weiß selbst nicht, was ich davon halte ...«

»Ich mache dir keine Vorwürfe, Ruby! Du hast das Recht, Dinge für dich zu behalten, aber ich mache mir Sorgen um dich, weil so etwas wie Josh passiert ist. Die Reiter scheinen nicht so zu sein. Ich vertraue darauf, dass du weißt, worauf du dich einlässt. Sag mir einfach Bescheid, bevor ich versuche, jemanden zu vermöbeln, und ihm das Trommelfell wegpuste, ja?« Ich war wohl nicht die Einzige, die das Brennen spürte, denn Moira begann, etwas zu lallen.

»Du bist betrunken. Die Moira, die ich kenne, vergibt nicht so leicht.«

Moira zog sich mit einem dämonischen Funkeln in den Augen zurück. »Es ist dein Geburtstag. Nenne das eine Ausnahme. Ich bin nicht annähernd betrunken genug und du bist es auch nicht. Trink das aus!«, sagte sie und deutete auf den halb vollen Mystery-Drink. »Hey, Barkeeper! Bring uns ein paar Kurze für das Geburtstagskind!«

Ich kippte den Rest der trüben Süße zurück.

Hoch die Tassen!

KAPITEL 19

Wir schafften nur zwei Schnapsrunden, bevor wir betrunken auf die Tanzfläche stolperten. Der Teufel wusste, wie ich das in den Stöckelschuhen, die ich trug, zustande brachte. Der Techno-Beat der Musik hielt mich auf Trab, während ein Song in den anderen überging. Um mich herum schien der Raum an Energie zu gewinnen, denn der Club füllte sich mit immer mehr Menschen. Die Lichter färbten sich dunkler, während die Musik lauter wurde.

»Ich bin gleich wieder da!«, rief ich Moira zu.

Sie drehte ihren Kopf ein wenig und rief: »Was?«

»Toilette«, antwortete ich und versuchte, das Wort so zu sprechen, dass sie es von meinen Lippen ablesen konnte.

»Soll ich mitkommen?«, erwiderte sie lachend und deutete erst auf sich selbst und dann auf mich.

Ich schüttelte den Kopf und winkte ab, während ich mich durch die Menge schlängelte. Die Menschen um mich herum drückten, zogen und bewegten sich im Takt der Musik wie eine lebendige Einheit. Ich stolperte von der Tanzfläche und fing mich am Treppengeländer ab, das zur nächsten Ebene führte.

Der Türsteher, der daneben stand, lächelte mich an. Es war derselbe wie draußen, aber erst da wurde mir klar, dass ich ihn von irgendwoher kannte.

»Kennen wir uns?«, fragte ich. Er sagte etwas, aber ich konnte seine Antwort nicht verstehen. Die Worte kamen verzerrt heraus. Sie fügten sich nicht in die Musik ein, sondern verzerrten sich um sie herum. Ich musste das Badezimmer finden. Vielleicht würde mir etwas kaltes Wasser helfen. Es war schwer zu vermitteln, dass ich die Toiletten suchte, aber er schien zu wissen, was ich wollte.

Er zeigte auf die Treppe und sagte: »Dein Freund wartet da oben auf dich.«

Ich musste ihn falsch verstanden haben. Ich hatte keinen Freund. Vielleicht hatte er Toilette gesagt?

Er löste das Seil und führte mich hindurch. Als ich die halbe Treppe erklommen hatte, wurde mir schwindlig. Ein plötzliches Bedürfnis, mich hinzulegen, überkam mich und das Festhalten am Geländer war das Einzige, was mich aufrecht hielt. Ich kämpfte mich langsam die restlichen Stufen hinauf und stolperte den Flur hinunter.

Meine Beine wollten nicht mitspielen. Ich verlor den Halt und fiel gegen eine Tür. Starke Arme fingen mich auf und zogen mich zurück.

»Danke!«, lallte ich. Eine der Hände, die mich aufgefangen hatten, griff nach vorne und öffnete die Tür. Ich stolperte hinein und meine Augen hatten Probleme, sich an das schwache Licht zu gewöhnen. Heißer Atem umspielte meine Haut, als jemandes Lippen meinen Hals entlang wanderten.

Hinter mir gab die Tür ein hartes, hörbares Klicken von sich.

»Was ...«, wollte ich protestieren, aber die Welt geriet ins Wanken, als der Fremde mich auf etwas Flaches und Hartes stieß. Mein Gesicht schlug auf der Oberfläche auf und ein heftiger Schmerz durchfuhr mich. Scharf und grausam. Ich wimmerte, als der Fremde begann, meinen Körper umzudrehen und meinen Rücken gegen die kalte Oberfläche zu drücken.

Sogar im schummrigen Licht und im Rausch erkannte ich den Mann, der meine Beine auseinanderzog.

»J-Joshhh ... w-warum bist ...«

»Du wolltest mir nicht zuhören, Ruby«, sagte er barsch. Seine Stimme klang weit weg, während sich mein Bewusstsein zurückzuziehen begann. Ich wollte meine Beine bewegen, um ihn zu treten, aber ich hatte keine Kontrolle mehr. Mein ganzer Körper war taub geworden.

»Das ist deine Schuld. Glaubst du, ich will das tun?« Meine Beine hingen schlaff über die Kante und er stellte sich zwischen sie. Seine Hände legten sich um meine Oberschenkel und zogen mich näher zu sich. Ich wollte schreien, aber ich konnte keine Worte mehr bilden. Ich konnte nichts tun.

»Du gehst mir nicht mehr aus dem Kopf, aber du

kommst nicht zu mir zurück. Ich leide so sehr deinetwegen, Ruby. Nicht einmal Kendall kann den Schmerz noch lindern. Du musst es sein.« Er sprach murmelnd weiter. Eine blinde Panik machte sich in mir breit. Ich wusste, was gleich passieren würde, aber ich konnte es nicht in Worte fassen. Ich konnte es nicht aufhalten.

Joshs Hände tasteten weiter nach mir und griffen unter mein Oberteil. Seine verschwitzten Handflächen legten sich um meine Brüste, und ich bekam es mit der Angst zu tun. Er wollte das wirklich tun.

»Du hast mich sie nie anfassen lassen, als wir zusammen waren. Du warst so prüde. Aber jetzt nicht mehr, stimmt's, Ruby?« Er drückte meine Brüste, legte sein Gesicht in meinem Nacken, und ich spürte, wie sich sein erbärmlicher Schwanz gegen mich presste. Meine Haut kribbelte wie verrückt, als ich versuchte, nach jemandem zu schreien. Irgendjemandem. Ich schrie und schrie, aber ich war in einem Alptraum gefangen, in dem mich niemand hören konnte.

Joshs tastende Bewegungen wurden immer schlimmer, je mehr er mich berührte. Meine Haut machte das mit den Menschen. Ich war so dumm gewesen, überhaupt jemanden zu wollen, mit dem ich mir die Zeit vertreiben konnte. Ich gab der Einsamkeit und dem Hunger die Schuld. Der Sehnsucht nach Aufmerksamkeit. Nach Sex. Nach allem. Ich war ein verdammter Dämon, dem alles genommen worden war, was ich brauchte, also hatte ich mit dem Feuer gespielt. Und jetzt würde ich brennen.

Brennen.

Ich brannte innerlich.

»Du gehörst mir und ich werde dich haben.« Josh zog sich zurück und versuchte fieberhaft, seine Hose zu öffnen. Ich konnte die Bewegungen nicht sehen, ich konnte meinen Kopf nicht bewegen, aber ich konnte jede Einkerbung seines Reißverschlusses und jedes Knistern der Kleidung hören, als seine Hose auf den Boden fiel.

Es war so ähnlich wie damals. Es war beängstigend.

Nur, dass ich dieses Mal keine Moira hatte, die mich retten konnte.

Joshs schmutzige Hände legten sich um meine Taille und zogen mich näher zu sich, während er sich an mir rieb. Es war brutal und ekelerregend. Seine Hände zerrten unbeholfen an meinem Shirt und zogen es mir aus. Mein Kopf schwankte, als er den Stoff umstülpte und beiseite warf. Ich spürte alles und nichts, und ich konnte nicht entkommen. Ich war nicht mehr ich selbst. Mein Bewusstsein zog sich weiter zurück und suchte in einer dunklen Ecke meines Geistes nach Sicherheit.

Das Mädchen auf dem Tisch war gefesselt und hilf-los, aber nicht so weit weg – ich brannte vor Hass. Ich brannte wie nie zuvor.

Als sich sein Mund um meine Brustwarze wickelte, hörte ich auf, um Hilfe zu schreien, und fing an, nach dem Tod zu schreien.

Seinem Tod.

Ich wollte, dass er dafür blutete.

Ich wollte ihm wehtun.

Verdammt, wenn ich wieder zu mir käme, würde ich ihn umbringen.

Es war dieser einfache Gedanke, der etwas in mir freisetzte. Etwas, von dem ich nie gewusst hatte, dass es da war. Als ich auf dem Tisch lag, betäubt und unfähig, mich zu bewegen, sah ich zum ersten Mal einen Aspekt von etwas ... Außerweltlichem.

Es war etwas Dunkles.

Etwas Tödliches.

Und als seine Hände meine Hose aufknöpften, riss dieses Etwas seine Augen auf.

KAPITEL 20
RYSTEN

Etwas griff in meine Brust und riss mir das Herz heraus.

Zumindest fühlte es sich so an.

Wie aus dem Nichts packte mich purer, unverdünnter Terror. Er forderte meine ganze Aufmerksamkeit, während der brennende Schmerz in mich hineinkroch. Ich griff mir an die Brust, als ich zurück aufs Sofa fiel. Mein Wein rutschte aus meiner Hand und ergoss sich über die hellen Möbel, die dadurch tief burgunderrot gefärbt wurden. Der Schmerz ließ für einen Moment nach, und ich schaute mich im Raum um. Julian packte die Kücheninsel so fest, dass der Quarz unter seinen Fingern zerbröckelte.

»Was zum Teufel war das?« Laran schrie den Flur hinunter. Er kam mit einer Hand vor der Brust heraus, seine Augen glühten rot.

»Ich habe keine Ahnung, aber ich nehme an, wir haben alle dasselbe gefühlt?«, antwortete Julian knapp. Kaum waren die Worte aus seinem Mund, fing es wieder an. Schlimmer als zuvor. Der Schmerz, der mich durchzuckte, brannte. Erst als die sengende Hitze nachließ, wurde meine Sicht klar genug, um die Welt um mich herum zu sehen.

Larans Knie hatten wohl nachgegeben, denn er war auf den Boden gefallen. Allistair war seitlich gegen die Wand geknallt, sein Glas Scotch lief in einer bernsteinfarbenen Lache auf den Teppich. Selbst mein Bruder, der stärkste von uns Reitern, lehnte sich an den Tresen, um sich abzustützen. Eine Ader an seiner Schläfe wölbte sich, das einzige Anzeichen dafür, dass der Tod Schmerzen hatte.

»Wer würde uns alle vier angreifen?«, hauchte ich.

Stille umhüllte uns, als eine weitere Hitzewelle meine Brust durchzog. Diese Welle schmeckte nach Wut, nicht nur nach Schmerz. Die psychische Kraft umging meine Schilde, als wären sie ein Nichts, und entfachte eine Folter, die ich nie gekannt hatte.

Als sie nachließ, merkte ich, dass mir ein kleiner Teil der Essenz vertraut war. Es war wild ...

Die Wahrheit und das Grauen trafen mich gleichzeitig.

»Ruby.«

Ihr Name genügte, um uns zum Handeln zu bewegen.

Ich hatte keine Ahnung, wie sie es geschafft hatte. Wie hatte sie nur so viel Macht verstecken können? Allistair hatte gesagt, er hätte es gespürt ... aber in diesem Moment war mir das egal. Alles, was mich interessierte, war, sie zu finden und denjenigen zu töten, der ihr wehtat – falls überhaupt noch etwas von ihm übrig war.

Wir waren die apokalyptischen Reiter und damit unsterblich. Sie hatte die vier stärksten Wesen, die es außer ihr gab, in die Knie gezwungen. Es war sehr plausibel, dass derjenige, der sie verletzt hatte, bereits tot war.

»Wir müssen sie finden. Sofort!«, sagte Laran.

Ich verließ als Schatten den Raum und rannte durch die Straßen von Portland. Sie würden mich einholen, wenn sie es nicht schon getan hatten. Im Moment war Ruby das Wichtigste. Ich ging drei Schritte die Straße hinunter, bevor eine weitere Welle unbändiger Wut durch mich hindurch schwappte. Es war lähmend, und ich stolperte, aber ich würde nicht stehenbleiben. Ich würde sie nicht im Stich lassen.

Ich nutzte den Schmerz, die Wut und den Schrecken, um meine Jagd anzufeuern. Sie würden mich zu ihr führen.

Ich hatte keine Ahnung, wo sie war oder wie ich sie erreichen konnte, aber irgendwie leitete mich ihre Kraft.

Wie eine Schnur, die uns beide verband, wickelte sie sich um mich und zog mich in Richtung Ground Zero.

Ich bog um eine weitere Ecke und blieb sofort vor einer Tür stehen. Ich konnte es in meinen Knochen spüren. Sie war hier. Das war es. Ich stand vor einem Club namens Pandora's Box.

Ich drängte mich durch die Schlange der Leute nach vorne und boxte den Türsteher, der es wagte, mir den Weg zu versperren. Sie waren nicht meine Sorge.

Drinnen roch es nach Schnaps und Schweiß. Die Menschen tanzten, wenn man das so nennen konnte, und rieben sich im Rhythmus der Musik aneinander.

Die Lichter über mir bewegten sich, als ich mich in die Menge stürzte und dabei die Menschen aus dem Weg schob. Ich stürmte über die Tanzfläche und scannte die Bar. Ruby war nicht hier, aber ich konnte ihre Nähe spüren. Ihr Schmerz war jetzt deutlicher, ihre Angst konkreter.

Bilder schossen durch meinen Kopf.

Mein Blut gefror.

Von der unsichtbaren Schnur gelockt, fand ich mich am Fuß der Treppe wieder. Kein einziger Türsteher versuchte, mich aufzuhalten. Sie waren mehr mit den Menschen beschäftigt, die einer nach dem anderen zusammengebrochen waren. Rubys Macht vergiftete die Luft, und ich hatte keinen Zweifel, dass sie die Ursache dafür war.

Ich rannte die Treppe hinauf, Krieg und Tod hinterher, Hunger an meinen Fersen. Die Welt konzentrierte sich nur noch auf ein einziges Ziel: Ruby zu erreichen. Ich war so darauf fixiert, sie zu finden, dass ich nicht auf die Wut vorbereitet war, die mich überkam, als Julian die Tür aufstieß und ich auf den nackten Hintern ihres Ex starrte, während er ihr die Jeans von den schlaffen Beinen zog.

Er hatte sie betäubt. Er hatte sie missbraucht. Jetzt war er dabei, sie zu vergewaltigen.

Ich verlor jegliches Gespür für Vernunft und ließ meine Wut über ihn hereinbrechen.

KAPITEL 21

Josh hielt in seinem fieberhaften Versuch inne, mir die Hose auszuziehen, und die kurze Unterbrechung trennte mein Bewusstsein von meiner inneren Bestie. Aber der Schaden war angerichtet. Ich wusste jetzt, dass sie da war, tief in mir. Sie schlief in einem Käfig und wartete darauf, dass sich die Tür öffnete. Meine Sicht verschwamm, als Stimmen hereinströmten.

Mein Kopf war inzwischen so klar, dass ich sie verstehen konnte.

»Ich habe dir gesagt, was passiert, wenn du dich ihr noch einmal näherst.« Feuer loderte über mir auf und ein Gesicht erschien vor mir.

Dunkle Salbei-Augen und weißblondes Haar. Julians hartes Profil starrte auf mich herab. Sein Gesichtsausdruck war unlesbar. Er streckte eine Hand aus, doch seine Fingerspitzen berührten kaum meine Stirn, als er mein Haar zur Seite strich.

Eine eisige Welle durchlief mich. Kalt. Brutal. Es war die Art von Kälte, die so wehtat, dass ich Blasen bekam. Jeder Zentimeter meiner Haut kribbelte bei seiner Berührung und nahm unaussprechlichen Schmerz auf. Als er endlich nachließ, ertappte ich mich dabei, mich an ihn zu klammern. Ich wollte mehr.

»Kannst du mich hören, Ruby?«, fragte er leise.

Ich versuchte, mit dem Kopf zu nicken, und zu meiner Überraschung bewegte er sich tatsächlich. Ich schluckte schwer und mir stiegen Tränen in die Augen. »Ja«, stammelte ich.

Langsam, aber sicher wich die Taubheit aus meinem Körper, als ich wieder zu mir kam. Es reichte aus, um Joshs Schreie zu hören.

Ich setzte mich mühsam auf und Julian hielt mir eine Hand hin, um mich festzuhalten.

»Das willst du nicht sehen.«

»Ich muss«, flüsterte ich.

Etwas Unausgesprochenes passierte zwischen uns. Vielleicht war es der Moment. Vielleicht waren es die Überreste der Drogen, die Josh mir gegeben hatte. In diesem Moment verstand Julian mich, als meine Augen seine trafen.

Er sagte nichts, als er einen Arm um meinen nackten Rücken legte und mir half, mich in eine sitzende Position zu bringen. Mir war klar, warum er nicht wollte, dass ich es sah, aber ich spürte nichts, während ich die Szene vor mir ablaufen sah.

Josh kniete vor Rysten und hatte den Mund zu einem stummen Schrei aufgerissen. Der Schleier, der Rysten immer umgab, war nicht mehr vorhanden. Eine Welle der Macht, die deutlich nach Fäulnis und Verwesung roch, erfüllte den Raum, als er Joshs Gesicht zwischen seinen Händen hielt.

Seine Augen bluteten aus ihren Höhlen, als Rysten die einzige Art von Rache vollzog, die ich jemals zu sehen bekommen würde. Ich glaube nicht, dass er hätte aufhören können, selbst wenn ich ihn darum gebeten hätte.

Rysten beugte sich vor und flüsterte ihm etwas ins Ohr, das ich nicht hören konnte. Über seinen Schultern trafen Joshs blutende Augen auf meine. Selbst im Sterben sah er mich hungrig an. Ich biss die Zähne zusammen und sagte das Einzige, was mir Frieden bringen konnte.

»Töte ihn!«

Meine Worte waren ein Flüstern an seinem Grab. In dem Moment, als sie meine Lippen verließen, explodierten seine Augen und sein Herz versagte.

Ich hatte mich noch nie über den Tod gefreut, aber nachdem ich verfolgt, unter Drogen gesetzt und geschändet worden war, hatte meine Seele sich verändert. Ich starrte auf seinen Leichnam, aber da war keine Schuld. Keine Freundlichkeit. Keine Reue.

Ich wollte ihn tot sehen, weil er versucht hatte, mir das zu nehmen, was ich nie jemandem hatte nehmen wollen: die Macht der Entscheidung.

Und wenn die Reiter nicht gekommen wären, würde er mich in diesem Moment auf einem Konferenztisch vergewaltigen. Die Wahrheit dieses Gedankens schmerzte mehr als jede körperliche Pein.

Aber jetzt war nicht der richtige Zeitpunkt, um den Scheiß zu verarbeiten.

Nicht hier, in einem Raum, in dem seine Leiche noch warm und ich halb nackt war und nur von Julians Arm hochgehalten wurde. Nein. Nicht hier.

Allistair kam nach vorne und hob meine Arme an, während Julian mir mein Shirt wieder überzog.

Ich hätte einen BH tragen sollen.

»Hör mir zu, Ruby!«, sagte Allistair. Er wiederholte meinen Namen dreimal, bevor er in mein Blickfeld trat und meine Aufmerksamkeit erzwang. »Wir werden das aufräumen. Es wird so sein, als wäre es nie passiert. Keiner wird wissen, wo er hingegangen ist, aber dieser Mensch wird dir nie wieder wehtun.«

Als wäre es nie passiert. Diese Worte wiederholten sich in meinem Kopf.

»Moira hat das Gleiche gesagt«, murmelte ich. Bilder einer Nacht, die sich von dieser nicht sehr unterschied, spielten sich vor mir ab. Bilder von einem Jungen und einem Mädchen, die ein Spiel spielten und Feuer fingen.

»Wovon redest du?«, fragte Allistair sanft. Meine Gedanken gerieten völlig außer Kontrolle.

»Ich wollte nie, dass er den Verstand verliert. Ich konnte mich einfach nicht zurückhalten«, flüsterte ich.

Ich konnte mich immer noch an die Farbe seines Haares erinnern. So gelb, von der Sonne geküsst. Er war kaum ein Mann, als wir uns kennenlernten.

»Ruby, das ist nicht deine Schuld. Was hier passiert ist ...«

»Er hat mich auch verletzt. Und ich habe ihn dafür

bezahlen lassen.« Meine Worte waren so sanft. So leise. Vier Augenpaare richteten sich auf mich.

»Sie steht unter Schock und hat Schmerzen. Ich werde sie nach Hause bringen. Macht das sauber! Alles!«, befahl Julian. Er beugte sich herunter und legte seinen anderen Arm unter meine Beine. Als er mich aus dem Konferenzraum trug, schaute ich über seine Schulter.

Laran streckte eine Hand aus und Joshs Körper ging in Flammen auf. Ihm gegenüber, im Schein des Feuers, fanden mich Rystens Augen. Er sagte nichts, aber etwas in der Art, wie er mich ansah, ließ mich glauben, dass er wusste, wovon ich sprach. Vielleicht sah ich aber auch nur die Schatten in den Augen eines Mörders, der einen anderen Mörder ansieht.

Niemand stellte Julian infrage, als er mich aus dem Club trug. Ich wunderte mich, wie es um die Sicherheit hier bestellt war, wenn die Sicherheitsleute es zuließen, dass Männer Frauen, die kaum bei Bewusstsein waren, aus dem Raum schleppten. So waren Menschen wohl, genauso kaputt und fehlerhaft wie wir Dämonen. Sie drückten einfach ein Auge zu, wenn es um ihre eigene Sicherheit ging.

Außerhalb des Clubs nahm der Wind zu und die Temperatur sank. Ich kuschelte mich an Julian, als er sich weiter vom Club entfernte und in eine Gasse einbog. Der mitternächtliche Himmel war ein willkommener Anblick nach dem, was mir wie eine Reise in den Kaninchenbau vorgekommen war. Ich atmete erleichtert auf, aber dafür war es wohl zu früh.

»Wohin willst du, Kumpel?«

Über Julians Schulter hinweg schaute ich auf den Eingang der Gasse hinter uns.

Zur Hölle.

Es war der Kobold aus der Spelunke. Und er hatte seine Freunde mitgebracht.

KAPITEL 22

»Seit wann mischen sich die Reiter in menschliche Angelegenheiten ein?«, rief der Kobold. Der Wind brauste die Gasse hinunter und ich klammerte mich an Julian, als er sich der Seitenstraße zuwandte. Über uns verdeckte eine dunkle Wolke den Mond. Es donnerte und leichter Nieselregen brach aus.

»Was wir tun, geht dich nichts an, Kobold«, spottete Julian. Er und Allistair hatten diese kalte Arroganz voll drauf. Bei Allistair musste ich nicht zittern, denn er war den Menschen gegenüber einfach nur herablassend, egal, worum es ging. Julian war anders. Ich spürte ein Frösteln, als würde der Tod auf dem Wind tanzen.

»Das tut es«, grinste der Kobold, »seitdem dein Kumpel die Hälfte meiner Männer getötet und mein Auge als Warnung genommen hat.« Er trat in das Licht der einzigen Lampe, die über einer Tür in der Gasse hing.

Ein Auge glühte rot, genau wie ich es in Erinnerung hatte. Das andere war eine leere Augenhöhle mit schrecklichen Narben, die wie Messerstiche aussahen … Laran hatte ihm buchstäblich das Auge ausgestochen. Und das nur, weil der Kobold mich berührt hatte.

An einem anderen Tag wäre mir bei dem Gedanken vielleicht etwas mulmig geworden. Heute konnte ich mich nicht dazu durchringen, etwas zu fühlen, außer dem kleinen Rest an Selbsterhaltungstrieb, den ich noch hatte und der mich von hier wegbringen wollte.

Das war die Stelle, an der Julian hätte sagen sollen, dass er nichts damit zu tun hatte, um den Frieden zu wahren.

»Du hast eine Dämonin angefasst, auf die er Anspruch erhoben hat«, antwortete Julian.

Ich erstarrte. Was zum Teufel? *Das war nicht das, was du hättest sagen sollen!*

Anscheinend dachte der Kobold das auch, denn ein böses Lächeln, das sehr schlimme Dinge versprach, schlich sich auf sein Gesicht.

»Genau die Dämonin, die du jetzt im Arm trägst, wenn ich mich recht erinnere«, kommentierte der Kobold und ließ seinen Blick von Julian zu mir fallen. Ich sah ihn misstrauisch an und wollte nichts damit zu tun haben. Es war zu wenig und zu spät.

»Sie steht unter unserem Schutz. Jeder, der ihr etwas antun will, wird einen sehr langsamen und schmerzhaften Tod sterben. Versuche nicht, mich zu hintergehen, Kobold! Wenn du dachtest, dass die Strafe des Krieges hart war, wirst du feststellen, dass der Tod viel beständiger ist.« Julians Worte waren trocken. Er klang zuversichtlich, aber ich konnte die Sorge spüren, die in ihm pulsierte. Er konnte es vielleicht vor ihnen verbergen, aber ich kannte die Wahrheit und die verhieß nichts Gutes für mich.

»Schutz? Deine Dämonin hat sich verschleiern lassen und praktisch darum gebettelt, gefickt zu werden. Vielleicht komme ich ihr noch entgegen, wenn wir mit dir fertig sind.« Sein Blick schweifte über mich, viel zu heiß für meinen Geschmack. »Ich bin allerdings neugierig, was ein einzelnes Mädchen tun könnte, um den Schutz der vier Reiter zu erregen. Ich habe einige Gerüchte aus der Hölle gehört. Interessante Gerüchte. Da fragt man sich als Dämon schon ...«

Julian sträubte sich gegen die Anschuldigungen des Kobolds. Er war nicht allein.

»Sie ist aber nicht deine Sorge, oder?«, fragte Julian. Ich weiß nicht, ob der Kobold merkte, wie sehr Julian sich bemühte, seine Aufmerksamkeit abzulenken, aber ich tat es ganz sicher. Er war keineswegs in Panik, aber seine Besorgnis kämpfte gegen seinen Drang an, den Kobold und seine Freunde auf der Stelle zu töten.

Ich hoffte einfach nur, dass er einen Weg finden würde, uns hier rauszubringen.

»Ihretwegen hat mir dein Kumpel das angetan«, sagte er und zeigte auf sein Auge. »Ich werde mir eine angemessene Strafe ausdenken, wenn wir hier fertig sind. Wenn sie die ist, für die ich sie halte, wird mein Master sehr interessiert sein. Vielleicht genug, um mich zu befördern, nachdem ich sie benutzt habe, um die anderen drei herauszulocken.« Ich umklammerte Julians Jackenkragen, um mein Zittern zu verbergen.

Der Kobold pfiff, als er sich zurückzog und die Dämonen in seiner Umgebung auf uns zukamen. Am Rande fiel mir einer besonders auf.

Der Türsteher aus dem Club.

Ich öffnete meinen Mund, aber bevor ich etwas sagen konnte, stürzte sich jemand auf mich. Julian kickte ihn aus dem Weg und schlug einen anderen nieder, aber er konnte diesen Kampf nicht gewinnen, solange er mich festhielt.

»Lass mich runter!«, sagte ich, während er einem Schlag auswich.

»Vergiss es!«, brummte er. Das war, bevor einige von ihnen ihre Messer zogen. Er hatte sechs Dämonen vor sich, ohne Einauge und die Weicheier, die zusahen. Wahrscheinlich wollten sie sicherstellen, dass ich nicht entkam.

Meine Stimme war kaum ein Flüstern. »Verdammt noch mal, Julian! Ich bin totes Gewicht. Ich kann mich kaum noch an dir festhalten. Lass mich runter oder wir sind beide tot!« Es bedurfte nur eines Messerstichs in seinen Arm, damit er zuhörte. Ohne sich von unseren Angreifern abzuwenden, schwang er mich hinter sich.

»Lauf bis zum Ende!« Ich machte zwei Schritte, bevor mich das Schwindelgefühl überkam. Die verdammten Drogen waren immer noch in meinem Körper. Ich schaffte noch zwei weitere Schritte, bevor ich seitlich gegen die Wand stürzte und auf dem Boden zusammenbrach, hinuntergezogen von der Schwere, die ich immer noch nicht abschütteln konnte.

Schmutz benetzte mein Gesicht und meine Hände

und ich holte zitternd Luft. Meine Zähne klapperten angesichts der Kälte und des Regens. Dem Teufel sei Dank, dass ich keine Lungenentzündung bekommen konnte. Vielleicht wäre ein krankheitsbedingter Tod aber auch besser als das, was der Kobold geplant hatte.

Angesichts der Leichen, die sich um ihn herum auftürmten, kam Julian ganz gut zurecht, aber es gab ein Problem: Der Kobold hatte vorausgedacht und eine Menge Dämonen mitgebracht. Für jeden Körper, der fiel, wartete ein anderer darauf, seinen Platz einzunehmen.

Trotzdem stieß Julian ein animalisches Brüllen aus und stieß seine Hand in die Brust eines Dämons, um sein noch schlagendes Herz herauszuziehen. Mein Mund klappte auf, und genau in diesem Moment trafen seine Augen auf meine.

Ich wünschte, ich könnte sagen, dass die Zeit stehengeblieben war, aber es war genau das Gegenteil der Fall. Er hatte einen fatalen Fehler gemacht: Er hatte den Kampf aus dem Blick verloren.

Ich hatte es kommen sehen, aber es gab nichts, was ich hätte sagen können, um es zu verhindern.

Ein Dämon wickelte ein Seil um seinen Hals.

Ein anderer weidete ihn aus. Wieder. Und wieder. Und wieder.

Ein anderer schlug ihm mit einer Brechstange die Knie ein.

Ich sah mit Entsetzen zu. Ich konnte nicht wegschauen, als sie ihn umzingelten. Sie hatten ihn so überwältigt, dass ich von Julian gar nichts mehr erkennen konnte. Erst dann trat der Kobold aus dem

Schatten. Er kam mit langsamen, gleichmäßigen Schritten auf mich zu. Der Türsteher des Clubs schloss sich ihm an.

Mein Herz pochte, als ich versuchte, zurückzuklettern und stolperte, als ich in den Schatten nach falscher Sicherheit suchte. Der Kobold schenkte mir ein träges Lächeln, als er vor mir in die Hocke ging.

»Hallo, Püppchen!« Ich blickte zu ihm auf. »Na-na. Du musst nicht so hasserfüllt sein. Wir haben uns bei unserem letzten Treffen doch ganz gut verstanden, bevor deine Freunde das getan haben.« Er drehte sein Gesicht so, dass ich in die leere Augenhöhle starrte. »Zu deinem Glück brauche ich dein hübsches Gesicht, falls ich mich irre und mein Master dich nicht will. Ich kann dich ja nicht mit einem fehlenden Auge verkaufen, oder? Deshalb habe ich meinen Freund mitgebracht.«

Sein tintenfarbenes Haar wehte im Wind, das Wasser befeuchtete es und ließ die Spitzen an seiner Stirn kleben, die um die schreckliche Narbe herum zusammenliefen. Er schnippte einmal mit den Fingern und der Türsteher trat vor ihn, versperrte mir die Sicht und blickte dann zwischen dem Kobold und mir hin und her. Man musste kein Genie sein, um zu erkennen, dass er nervös war. Offensichtlich nicht nervös genug, wenn er bei dem mitmachte, was der rotäugige Mistkerl vorhatte.

»Was willst du?«, sagte ich mit rauer Stimme. Der Kobold lächelte, und es hätte echt ausgesehen, wenn nicht die gewalttätigen Geräusche hinter ihm zu hören gewesen wären. Ich wagte nicht, in die Richtung zu schauen, weil ich Angst hatte, was ich sehen könnte.

»Du kannst sprechen. Ich bin beeindruckt. Die Drogen, die er dem Jungen gegeben hat, hätten dich umhauen müssen«, sagte er.

Mein Herz setzte einen Schlag aus.

»Du hast ihm das gegeben?«, fragte ich und erinnerte mich an die außerkörperliche Erfahrung. Wenn es das mit einem Dämon gemacht hatte ... dann würde dieses Zeug einen Menschen in seiner stärksten Form töten.

»Nein, das hat mein Kumpel hier gemacht. Er wollte sie dir verabreichen, aber dann tauchte dein Freund auf und hatte kein Problem damit, es selbst zu tun. Er sagte, es sei ihm egal, was es kostet, dich zu haben.« Der Kobold stieß ein gefühlloses Lachen aus. Die Narben entstellten sein einst so schönes Gesicht.

»Wie hast du mich überhaupt gefunden?«, flüsterte ich geräuschvoll. Ich musste sie nur am Reden halten, bis die anderen kamen. Meine Chancen, diese Nacht zu überleben, sanken mit jeder Minute, die verging.

»Das war gar nicht so schwer, Püppchen. Alle meine Männer haben dich letzten Freitag in meiner Bar gesehen. Ich habe ihnen allen eine kräftige Dosis von dem gegeben, was von meinem Vorrat übrig war, nachdem Krieg zu Besuch gekommen ist. Dann habe ich ihnen den Befehl erteilt, mich sofort zu rufen, wenn sie dich sehen.« Nun, damit war die Frage beantwortet. Wenigstens war Moira vor all dem sicher. Ein kleiner Trost, wie es schien.

Der Boden bebte, als etwas ein furchterregendes Brüllen ausstieß. So etwas Ursprüngliches und Mächtiges hatte ich in meinem ganzen Leben noch nicht gehört. Um uns herum erhoben sich die Toten und griffen die noch lebenden Dämonen an. So etwas hatte ich noch nie gesehen, aber ich wusste ohne Zweifel, wer es verursacht hatte.

»Julian«, flüsterte ich.

Er war ein Nekromant. Nein, er war *der* Nekromant. Als wären die Reiter der Apokalypse nicht schon furcht-erregend genug.

Der Kobold machte eine Bewegung mit der Hand und der Türsteher trat vor. Als ich versuchte, mich von ihm loszureißen, spürte ich scharfe Schmerzen in meinen Fingerspitzen. Er streckte die Hand aus und schlug mir mit der Rückhand ins Gesicht.

Ich spürte nicht einmal den Schmerz, als mein Körper auf dem Bürgersteig aufschlug. Mein Mund schmeckte nach Kupfer und Schotter. Ich drehte mich gerade noch rechtzeitig um, um zu sehen, wie er wieder nach mir griff, und spuckte ihm ins Gesicht. Blaues Blut, Schleim und ein paar Kieselsteine trafen seine Wange.

»Du kleine Schlampe!«, sagte er. Er streckte die Hand aus und versuchte, mich zu packen, aber ich rammte meinen Fuß in sein Brustbein. Es war ein schwacher Versuch; meine Beine hatten keine Kraft. Er knurrte, warf mein Bein zur Seite und drückte mich auf den Asphalt.

Panik nagte an mir, als sich seine Hand um meinen Kiefer legte und zudrückte. Er griff in seine Gesäßtasche und zog ein Tütchen heraus. Mit seinen Zähnen riss er es auf und grinste mich an.

»Hast du das gesehen?«, fragte er mich. Ich wagte nicht, den Mund zu öffnen. »Ich habe deinem Freund zwei gegeben, und du kannst immer noch nicht laufen. Was denkst du, was zwei weitere bewirken werden?«

Das wollte ich auf keinen Fall herausfinden.

Er verstärkte seinen Griff um meinen Kiefer und drückte seine Finger hinein, um zu versuchen, mich dazu zu bewegen, den Mund aufzumachen. Ich wehrte mich gegen seinen Griff und strampelte, so gut ich konnte. Er drückte fester zu.

Das Blut in meinem Mund floss in Strömen und ein erstes Rinnsal von Schmerz traf mich schließlich.

Gefolgt von Wut.

Ich kratzte und krallte mich an seinen Armen fest, aber er drückte nur noch fester zu. Meine Kiefer knackten und ein plötzlicher, scharfer Schmerz erfüllte mich. Ich keuchte.

Bevor ich ihn aufhalten konnte, schüttete er den Inhalt des Beutels direkt in meinen Mund und schloss meinen Kiefer. Die Pillen schmolzen innerhalb von Sekunden.

Es war nur eine Frage der Zeit.

Angst und Adrenalin durchströmten mich bei der Aussicht, mitgenommen zu werden. Mein Herz pochte immer schneller und meine Handflächen schwitzten. Der Regen prasselte auf mein Gesicht, während der Donner grollte.

Und dann begann das Brennen.

Ein unkontrollierbares Feuer, ein rasendes Inferno, das sich durch meine Brust fraß. Es war eisig und heiß, elektrisch und erdend zugleich. Es war alles, was ich je gefühlt hatte, und nichts davon.

Es war ein Feuer, das so heiß war, dass es sich kalt anfühlte.

Und irgendwo, tief in mir, öffnete sich eine Tür.

Die Bestie – meine Bestie – warf einen Blick aus ihrem Gefängnis und beschloss, sich nicht mehr einsperren zu lassen.

Ich schrie gegen den Schmerz an, der mich durchfuhr, und schluckte dabei die Mischung aus Blut und Drogen herunter. Der Dämon, der auf mir saß, schenkte mir ein grausames Lächeln, als er meine Arme nach unten drückte. Die Bestie in mir stürmte nach vorne und mein Schreien kam abrupt zum Stillstand. Seine Hände wurden schwarz wie Kohle. Er sprang von mir weg, aber da war es schon zu spät. Ein Teufel, der mein Gesicht trug, lächelte zu ihm hoch.

KAPITEL 23

»Nein«, flüsterte er und wich zurück.

Das Feuer in seinen Adern wollte nicht erlöschen. Nicht, bis es ihn verzehrt hatte.

Die Dunkelheit breitete sich in seinen Armen, in seiner Brust und in allen unsichtbaren Ecken und Winkeln aus. Ich neigte meinen Kopf zur Seite, als er anfing, sich überall zu kratzen. Er zerrte an seiner Kleidung, seinem Haar, zerriss seine Haut in dem verzweifelten Versuch, dem Feuer zu entkommen, das ihn vereinnahmte.

Und ich spürte alles. Sein Kratzen. Sein Reißen. Sein brennendes Fleisch und seine schmelzende Haut.

Es war furchtbar. Schrecklich.

Meiner Bestie war das egal.

Er öffnete seinen Mund, vielleicht um zu schreien, aber es kam kein Ton heraus. Es war die Art von Schmerz, die so roh und intensiv war ... fast unvorstellbar. Er durchlebte seine eigene persönliche Hölle, und ich spürte jeden Moment, als er starb.

Vergnügen und Schmerz kochten in mir hoch, als ich mich zurücklehnte und der Bestie ihren Willen ließ.

Blaues Licht leuchtete hinter seinen Augen, während die Haut um sein Gesicht herum schwarz wurde und den Rest von ihm widerspiegelte.

Zuerst bewegten sich seine Hände nicht mehr. Dann seine Arme. Schließlich seine Beine. Als das Feuer hinter seinen Augen erlosch und nur noch Löcher übrig waren, die schwarz wie die Sünde waren, wusste ich, dass er tot war.

Ein einziger Windstoß fegte durch die Gasse und die Hülle des einst lebenden Türstehers zerfiel zu Asche. Der einzige Hinweis darauf, was mit ihm passiert war, bestand aus einer einzelnen blauen Glut, die dann ebenfalls erlosch.

Die Bestie blickte zu dem Kobold, der die Gasse zurückwich. Er hatte gedacht, er könnte den Tod herausfordern, aber mein Anblick machte ihm Angst? Meine Bestie lächelte, aber sie war nicht freundlich.

Sie brachte meinen Körper dazu, sich aufzurichten, als würden wir auf ihn losgehen, und der Kobold begann zu rennen. Er rannte davon wie der Feigling, der er war, und ließ den Rest der Männer, die er hergeführt hatte, zum Sterben zurück. Die Bestie wandte ihren Blick in die Gasse vor uns, wo die auferstandenen Leichen wie die Fliegen umkippten, weil sie ihre Aufgabe erfüllt hatten, nachdem die einst Lebenden sich ihnen im Jenseits angeschlossen hatten.

Eine Hand bohrte sich in die Brust eines Dämons und verteilte das Blut auf dem bereits dunkelblau getönten Zement. Der Körper fiel zu Boden und inmitten des Chaos stand Julian.

Er schüttelte sein ehemals blondes Haar, aus dem das Blau in Tröpfchen floss. Der Regen tropfte auf seinen unversehrten Körper. Sein Hemd war zerrissen und entblößte magere, makellose Muskeln. Blut durchtränkte seine Hose, seine eigene und ihre. Aber trotz dessen, was sie getan hatten, um ihn zu töten, war er perfekt. Unversehrt. Nur ein einziger Schnitt verlief von seiner Stirn zu seinem Kinn, aber in der Zeit, die wir brauchten, um einander anzustarren, war auch dieser Schnitt verheilt.

Der Tod. Er war wirklich der Tod.

Konnte er überhaupt getötet werden?

Ich war mir nicht sicher, aber sein makelloser, unversehrter Körper machte mich stutzig.

»Ruby?«, fragte er leise. Zögernd. Ich fragte mich, was er sah, das ihn so vorsichtig werden ließ.

»Sie haben ihr wehgetan.« Die Stimme, die aus meinem Mund kam, war kalt. Flach.

Julian nickte mit dem Kopf und hielt seine blutigen Hände in die Höhe, um sich zu ergeben. »Ich weiß und es tut mir leid, dass ich sie nicht früher aufhalten konnte. Danke, dass du dich um sie gekümmert hast«, sagte er leise.

Die Bestie reagierte nicht, als er auf uns zuging. Seine Schritte waren klein, gemessen und vorsichtig. Er schritt, als würde er auf Glas gehen. Erst als er vor uns stand, sprach sie wieder.

»Sie haben ihr schon einmal wehgetan, aber das letzte Mal konnte ich sie nicht retten. Sie will diese Welt nicht verlassen und doch ...« Die kalte Stimme verstummte. »Wenn sie ihr noch einmal wehtun, werde ich diese Welt niederbrennen.« In ihrer Stimme lag eine leise Drohung. Das Versprechen von unaussprechlichem Horror. Eine wahre Apokalypse durch unsere Hände. Sie würde Sodom und Gomorrha wie ein Kinderspiel aussehen lassen, hervorgebracht von einem gütigen Gott, denn sie würde die Erde von sämtlichen Menschen befreien.

Es wäre die brutalste Heilung und der grausamste Völkermord, den die Erde je gesehen hatte.

Und sie – ich – hatte die Macht dazu.

Julian zuckte nicht. Er ließ nicht erkennen, dass er Angst hatte. Als ich seine Emotionen wahrnahm, spürte ich eine gewisse Vorsicht und einen Rest von Schmerz, aber keine Angst. Die Bestie wusste das zu schätzen. Das konnte sie respektieren.

Julian kniete sich vor uns hin, machte aber keine Anstalten, uns zu berühren. Das war klug von ihm. »Ich werde mich bessern, aber jetzt würde ich gerne mit Ruby sprechen.« Er formulierte es nicht als Frage. Er bat nicht um Erlaubnis. Er teilte ihr mit, dass es an der Zeit war, sich zurückzuziehen.

Die Bestie war von dieser Idee nicht begeistert. Sie war sehr lange weggesperrt gewesen. So lange, dass sie nicht einmal wusste, wer sie in ihr Gefängnis gesteckt hatte.

»Woher weiß ich, dass ich nicht wieder weggesperrt werde?«, fragte sie. Sie war nicht kindlich oder neugierig. Die Stimme war leblos, aber sie enthielt einen eisigen Unterton, der eine ganz eigene Wut in sich barg. Julian starrte uns einen langen Moment lang an und sprach dann mit absoluter Autorität.

»Weil ich jeden töten werde, der es versucht.«

Der Bestie gefiel das. Es gefiel ihr sehr.

Ich streckte die Hand aus, um sie zurückzulocken, und dieses Mal willigte sie ein, zurückzutreten, weil sie wusste, dass sie nicht noch einmal eingesperrt werden würde.

»Kümmere dich um sie!« Ihre Abschiedsworte.

Eine unsichtbare Kraft drückte mich wieder in meinen eigenen Körper. Ein wimmerndes Stöhnen entwich meinen Lippen, als die Müdigkeit der Nacht auf mir lastete. Der Kies, der an meinen Knien zwickte, schmerzte stärker, als er es sollte. Das Schwindelgefühl in meinem Kopf war mir nur allzu vertraut und mein Bewusstsein begann bereits zu schwinden.

»Ruby«, sagte Julian, als er erleichtert aufatmete. »Geht es dir gut?«

»Kraft ... Drogen ... will ... nach Hause«, lallte ich. Die Symptome kamen bereits zurück. Es würde wahrscheinlich nur noch wenige Augenblicke dauern, bis die Lähmung und die außerkörperliche Erfahrung zurückkehrten, aber dieses Mal würde ich nicht allein sein. Die Bestie war da und harrte mit mir aus.

Julian zögerte nicht, als er mich aufhob und die

Gasse hinunterging. Ich schaute über seine Schulter auf die Szene hinter uns. Auf dem Boden der Gasse lagen haufenweise tote Körper. Ihre Arme und Beine waren in seltsamen Winkeln gebogen. Einige hatten klaffende Löcher in ihrer Brusthöhle, andere waren enthauptet.

Julian war wirklich ein Monster.

Aber vielleicht war ich das auch.

Die Asche, die im Wind wehte, war das Letzte, was ich sah, bevor wir in den Schatten traten und alles schwarz wurde.

Die endlose Dunkelheit dauerte nur eine Sekunde, bevor er mich durch meinen Vorgarten trug. Er war ein Schattenläufer. Jetzt wusste ich, wie sie sich so leicht fortbewegen konnten. Der Gedanke war nur von vorübergehendem Interesse, als ich bemerkte, dass Moiras Auto nicht da war.

Die Einfahrt war dunkel, aber Julian fand sich gut zurecht, als er die Veranda hinaufstieg. »Wo ist dein Ersatzschlüssel?«, fragte er. Ich ließ meinen Kopf an seiner Schulter baumeln.

»Habe ... keinen«, murmelte ich. Er sagte nichts, seufzte nicht einmal verärgert. Er bewegte sich einfach und hielt mich mit einem Arm fest. Es gab ein scharfes, knirschendes Geräusch, das ich für das Aufbrechen des Schlosses hielt, und dann öffnete sich die Tür.

Das markerschütternde Kreischen, das uns erwartete, weckte mich aus dem drogenbedingten Dunst. Julian stieß einen Fluch aus, als etwas mit voller Wucht auf ihn zuflog und sich auf meiner Brust niederließ. Wir waren noch nicht einmal ganz durch die Tür, aber Bandit wartete bereits.

»Hey ... Kleiner«, lallte ich. Mein Waschbär schlang seine Arme um meinen Hals und schnurrte lauter, als ich ihn je gehört hatte. Vielleicht lag das aber auch nur an den Drogen.

Julian trat die Tür hinter sich zu und schaltete das Licht an, als er das Haus betrat. Mein Wohnzimmer verschwand, als er um die Ecke zu meinem Zimmer bog. Er legte mich ins Bett und zog die Decke um mich herum. Ich war schon so weit weg, dass meine Arme und Beine nutzlos waren, und ein Gefühl der Hilflosigkeit beschlich mich. Die Bestie in mir zuckte und lief unruhig umher. Sie mochte das genauso wenig wie ich, aber manchmal konnte man wirklich nichts anderes tun, als abzuwarten.

»Was kann ich tun?«, fragte Julian und seine Stimme war angespannt. Angestrengt.

»Lichter«, murmelte ich. Bandit kuschelte sich enger an meine Brust und war in diesem Moment das Einzige, was mich bei Verstand hielt. Das hielt die Panik in Schach.

»Was noch? Was brauchst du? Wie bringe ich das in Ordnung?«, fragte er. Ich konnte die Verzweiflung in seiner Stimme hören, aber seine Gefühle waren mir fremd. Ich konnte sie nicht spüren. Ich spürte nicht viel, außer der Zufriedenheit, die Bandit ausstrahlte.

»Ich kann nicht ...« Ich krächzte. »M-M-Moira. Ich b-b-b-rauche M...« Das drückende Gewicht auf meiner Brust erschwerte mir das Sprechen, aber ich hoffte, dass er die Botschaft verstanden hatte. Mit schweren flatternden Augen starrte ich an die Decke. Ich begann, durch das Universum zu treiben. Die Zeit selbst wurde überwunden, als die violetten und blauen Lichter des Clubs wieder um mich herumwirbelten.

Ich verlor mich in einer Welt aus Erinnerungen und Albträumen. Die Gesichter der Menschen, die Gesichter der Männer, zogen an mir vorbei, während ich mich durchschlängelte. Dann kamen Josh, der Kobold, der Türsteher und Danny ... Sie alle verschmolzen zu einer Einheit. Ich sah die Gesichter vergangener Zeiten, die mir wie Rauch durch die Finger glitten und sich mir immer wieder entzogen.

Aber dann veränderten sich die Gesichter. Und die Lichter wurden hell. Und als sich der Rauch legte, war nur noch Feuer übrig. Die Flammen waren schwarz und schimmerten in Blautönen, als sie durch meine Träume tanzten.

Es waren die Flammen, von denen ich geträumt hatte, seit ich ein kleines Mädchen war. Sie waren die Flammen der Hölle. Das Einzige auf dieser Welt, das einen Dämon wirklich töten kann – abgesehen vom Tod selbst. Eigentlich sollte das seltsam sein, aber ich war ein Dämon und träumte von Dingen, die kleine Dämonenmädchen tun. Flammen, Feuer und Asche. Sie gaben keinen Rauch ab, aber sie zerstörten alles, was sie berührten.

In diesen Flammen führte mich eine Bestie Hand in Hand an einen neuen Ort.

Dorthin, wo der Schmerz mich nicht erreichen konnte, wo die Dämonen mich nicht finden und wo die Menschen der Erde mich nicht mehr verletzen würden.

Denn ich war eins mit der Flamme.

Eins mit dem Feuer, das in meiner Seele brannte.

KAPITEL 24

JULIAN

ICH WUSSTE NICHT, WIE ICH IHR HELFEN KONNTE. ICH WUSSTE nicht, was ich sagen sollte, um es besser zu machen oder den Schmerz zu lindern, den ich ihr nicht ersparen konnte. Der Mensch hatte sie mit schwarzem Lotus betäubt und sie dann belästigt. Er hätte sie vergewaltigt, wenn sie nicht gerufen hätte. Es war der Schmerz, den sie in ihrem Hilfeschrei zum Ausdruck gebracht hatte, der uns dorthin geführt hatte. So waren wir in der Lage gewesen, sie zu retten. Vermutlich hat sie nicht einmal bemerkt, dass sie es getan hatte. Aber wenn Ruby so stark war, wie ich es glaubte, dann waren wir nicht die Einzigen, die es gespürt hatten.

Wenn meine Instinkte richtig waren, würden Dämonen aus allen Ecken der Welt nach ihr suchen. Einige würden ihre Gunst fordern. Andere würden versuchen, sie zu kontrollieren. Andere würden sie einfach töten wollen, um die Tore der Hölle zu öffnen.

Ich hatte gedacht, wir hätten mehr Zeit. Ich hatte

gehofft, dass wir sie besser kennenlernen könnten. Ich hatte mir gewünscht, dass sie von selbst darauf kommen würde, aber die Zeit wurde knapp. Selbst wenn ihr psychischer Angriff außer uns vier keine weitere Seele erreicht hatte, standen wir vor einem größeren Problem.

Die Bestie war erwacht und mit ihr würde die Verwandlung kommen. Vielleicht nicht heute, morgen oder nächste Woche, aber sie würde kommen. Und wir mussten bereit sein.

Luzifer hatte uns geschaffen, um mit der Bestie fertigzuwerden. Um sie zu erden, wenn sie sich selbst nicht erden konnte. Wenn wir auch nur die geringste Hoffnung haben sollten, das zu können, musste sie uns vertrauen.

Vertrauen verdiente man sich nicht einfach so, und wir brauchten Zeit. Mehr Zeit, als wir hatten. Wenn sie wirklich kurz vor der Verwandlung stand, hatten wir nicht mehr als einen Monat Zeit. Und das war eine großzügige Schätzung.

Die Haustür flog auf und eine winzige grünhaarige Todesfee stürmte um die Ecke. Das Mädchen schaute mich nicht einmal an; ihre Augen suchten verzweifelt nach einer einzelnen Person. Ich wich für sie zur Seite und hoffte, dass sie tun konnte, was ich und die anderen nicht zustande brachten.

Wütend riss sie ihre Schuhe von den Füßen und kletterte neben Ruby ins Bett. Ihre schlanken grünen Arme legten sich um Rubys etwas breitere Schultern. Sie murmelte vor sich hin, aber ich schloss die Tür. Was zwischen zwei Mädchen, die sich so nahestanden, gesagt wurde, sollten andere nicht hören. Schon gar nicht nach einer Nacht wie dieser.

Ich ging zurück durch den Flur und in das Wohnzimmer, wo die anderen drei warteten. Rysten saß auf der Couch und starrte mit vielsagender Leere in die Ferne. Allistair stand mit dem Rücken zum Fenster, seine Haltung war steif. Unnachgiebig. Laran schritt vor der Tür auf und ab, und der Wind blies draußen stärker. Der Mond war von dunklen Wolken verdeckt worden, während starker Regen niederging. Der Wetterbericht hatte für diese Nacht keinen Regen vorhergesagt, was bedeutete, dass Krieg dahintersteckte.

»Hast du dich darum gekümmert?«, fragte ich.

Laran nickte. »Die Leichen wurden verbrannt und die Asche verstreut. Niemand wird wissen, was passiert ist. Soweit es diese Welt betrifft, haben sie nie existiert.« Er war so ernst, wie ich ihn seit den Ringkriegen nicht mehr gesehen hatte.

»Und der Mensch?«, fragte ich. Wenn ich mich nicht um Rubys Bedürfnisse kümmern müsste, würde ich ihn in diesem Moment aus dem Nebel zurückrufen, damit er zehnmal so viel bezahlte. Zwanzigmal. Ich könnte ihn seinen Tod hundertmal wiederholen lassen.

Aber das würde niemals ausreichen, um das wiedergutzumachen, was er ihr angetan hatte, und diesen besonderen Aspekt meiner Macht musste sie noch nicht kennen.

»Ich habe jede Spur von ihm im Internet gelöscht. Social Media. Bankkonten. Händlerkonten. Geburtsurkunde. Sozialversicherung. Es ist weg. Alles. Aber wenn nicht plötzlich jemand von uns gelernt hat, wie man die Erinnerungen von Menschen nimmt ... wird es unmöglich sein, seine Spuren vollständig aus ihrem Leben zu löschen.« Rysten stieß einen rauen Atemzug aus. »Die Menschen werden sich an ihn erinnern, aber es gibt keinen Hinweis darauf, dass sein Verschwinden mit ihr in Verbindung gebracht werden könnte.«

Ich nickte einmal, aber es war Hunger, der sprach. »Das ist das Beste, was wir uns erhoffen können, es sei denn, wir haben vor, alle zu töten, die er je kannte.« Ich dachte über die Richtigkeit dieser Aussage nach, wog das Gute und das Schlechte ab und dachte an den Dominoeffekt, den das haben würde.

»Der Kobold mit dem einen Auge ist entkommen. Wir müssen ihn vorrangig jagen, bevor er zu einem Problem wird«, antwortete ich. Laran nickte, aber er war nicht so begeistert wie sonst von der Aussicht auf eine Jagd. Ich konnte es ihm nicht verübeln, denn das Scheitern saß uns wie ein Stein im Nacken.

»Da ist noch mehr ... Sag es!«, forderte Rysten mich auf. Ich drehte mich zu meinem Bruder um. Die Dunkelheit, die ich gut kannte, hatte seine Augen noch immer nicht verlassen. Den Menschen zu töten, war nicht genug gewesen. Viele würden heute Nacht sterben, wenn dieses Gespräch zu Ende war.

»Die Bestie ist erwacht. Einer der Dämonen hat sie erwischt, und sie hat ihn bei lebendigem Leib verbrannt«, antwortete ich. Rysten nickte. Er musste es genauso gespürt haben wie ich.

»Sie ist stärker, als ihr bewusst ist. Ich weiß nicht,

wie sie ihre Kräfte so lange unterdrücken konnte, aber ich glaube nicht, dass es ein Zufall ist, dass sie die Verwandlung noch nicht vollzogen hat. Etwas ist mit ihr passiert, und ich rede nicht von heute Abend«, sagte Rysten.

Schweigen breitete sich zwischen uns vier aus, und die Luft war dick von ungesagten Dingen.

Wir sparten unsere Entschuldigungen, unseren Schmerz und unsere Sorgen auf, denn sie waren nicht füreinander bestimmt. Wir hatten nicht einander enttäuscht, sondern Ruby. Wenn Rysten recht hatte, war es möglich, dass wir versagt hatten, lange bevor wir überhaupt in ihr Leben getreten waren.

Wenn in ihrer Vergangenheit etwas passiert war, das sie dazu veranlasst hatte, die Verwandlung zu unterdrücken, musste ich mich fragen, ob es richtig gewesen war, sie überhaupt jemals in diese Welt zu schicken.

In eine Welt, in der Monster und Männer das Gleiche waren.

KAPITEL 25

ICH WACHTE KUSCHELIG WARM AUF, UND PANIK ERSETZTE sofort die Ruhe, die mir der tiefe Schlaf gegeben hatte. Ich riss die Augen auf und erwartete Flammen und ein brennendes Haus, aber nichts dergleichen war zu sehen.

Mein Zimmer war schwach beleuchtet und erstrahlte in einem warmen gelben Licht. Auf der einen Seite lag Bandit auf dem Rücken, den Kopf auf meinen Arm gestützt, den er vollgesabbert hatte. Auf der anderen Seite lag Moira, die noch ihr Kleid vom Vorabend trug. Ihr Arm war schützend um meine nackte Taille geschlungen.

Dann kamen die Erinnerungen an die letzte Nacht wieder hoch.

Der Club. Die Drogen. Josh. Der Kobold. Der Türsteher. Das Feuer.

Meine Bestie.

Ich musste mich nicht einmal vergewissern, dass es stimmte, denn sie war immer noch da. In meinem

Hinterkopf beobachtete sie mich und wartete auf den Moment, in dem sie gebraucht wurde.

Ich schluckte schwer und meine Kehle protestierte lautstark. Sie war so ausgedörrt wie die Wüste. Ich machte eine Bewegung, um mich unter Moira und Bandit hervorzuwinden, aber meine beste Freundin verstärkte ihren Griff und sah zu mir auf.

Ein Blick von ihr genügte, und Tränen bildeten sich in meinen Augenwinkeln.

»Oh, Schatz …«, flüsterte sie und drückte mich fester an sich.

»Wie viel weißt du?« Ich räusperte mich.

»Nicht viel. Allistair hat mich gestern Abend aufgespürt und nur gesagt, dass etwas Schlimmes passiert ist und du unter Drogen stehst«, murmelte sie an meiner Schulter.

»Hat er das wirklich gesagt?«, fragte ich.

»Dass etwas Schlimmes passiert ist?«, fragte sie. Ich nickte. »Nein. Ich umschreibe das nur. Er hat erwachsenere Worte benutzt, aber ich bin irgendwie ausgerastet, weil ich wusste, dass etwas nicht stimmt, bevor er mich gefunden hat. Du bist nicht zurückgekommen. Ich habe überall nach dir gesucht. Als ich hier ankam und dich im Bett liegen sah …« Sie hielt inne und umarmte mich fester.

»Ich habe jemanden getötet, Moira«, flüsterte ich.

Sie zögerte nicht einmal. »Wahrscheinlich hat er es verdient.«

Ich unterdrückte das Schluchzen, das mir zu entweichen drohte. Ob vor Schreck oder aus Dankbarkeit, wusste ich nicht. Was ich wusste, war, dass Moira die beste Freundin war, die ich mir wünschen konnte.

»Du musst nicht darüber reden. Sag mir einfach, wo, und ich kann die Leiche vergraben. Keiner wird es je erfahren.« Nasse Tränen liefen mir über das Gesicht, als ich sie fester umarmte. Die Trockenheit in meiner Kehle brannte, als ich versuchte, den Kloß herunterzuschlucken, der sich gebildet hatte.

Allein der Teufel wusste, was ich getan hatte, um sie zu verdienen.

»Er ist schon weg«, flüsterte ich.

»Was meinst du?«

Ich holte tief Luft. Ich war bereit, ihr alles zu sagen, aber noch nicht.

»Kann ich erst duschen gehen? Ich fühle mich eklig und nach ...« Ich brauchte nicht einmal zu Ende zu reden. Moira riss sich von mir los und sprang aus dem Bett. Ihre Schminke war verschmiert und schwarze Tränenspuren zogen sich von ihren Augen bis zu ihrem Kinn.

»Du musst dich nicht rechtfertigen. Ich werde einen Tee aufsetzen und eine Kanne Kaffee kochen. Ich warte im Wohnzimmer, bis du fertig bist.« Sie lächelte schwach und überließ mich meinem eigenen Schicksal. Wahrscheinlich hätte ich dann weinen sollen. Das hätte auch Sinn ergeben.

Um mich selbst zu weinen. Zu weinen, weil ich jemanden getötet hatte. Verdammt! Wäre ich ein anderes Mädchen gewesen, hätte ich vielleicht um den Mann geweint, den ich getötet hatte.

Aber sie waren Vergewaltiger und Mörder und deswegen würde ich nicht weinen.

Sie hatten meine Tränen nicht verdient.

Ich atmete durch die Nase ein und zog meinen Arm vorsichtig unter Bandit heraus. Er rollte sich auf meinem Kissen zusammen und hinterließ eine Spur von Sabber. Wenigstens änderten sich manche Dinge nie.

Der Übergang vom Liegen zum Stehen war noch schwieriger. Mein Kopf begann zu pochen und das Zimmer schwankte. Ich ging es langsam an und hielt mich am Kopfteil fest. Als meine Füße den Boden berührten, dauerte es eine Minute, bis ich mich weiter aufrichten konnte. Seltsamerweise war die Umstellung auf das Stehen gar nicht so schlimm. Meine Beine fühlten sich schwach und wackelig an. Das passierte wohl, wenn man zweimal in einer Nacht unter Drogen gesetzt wurde.

In diesem Moment gab ich mir selbst ein Versprechen: keine Bars mehr. Moira und ich konnten uns zu Hause betrinken, wenn wir wollten, aber ich würde nie wieder einen Fuß in eine verdammte Bar setzen, solange ich lebte.

Meine ersten Schritte auf dem Weg zum Bad waren langsam und wackelig, aber als ich die Tür erreichte, wurden sie ruhiger. Ich hielt den Griff fest umklammert und ignorierte den Spiegel, als ich eintrat. Ich wollte mich nicht so sehen. Das könnte mich tatsächlich brechen.

Ich ging über den kühlen Fliesenboden und starrte auf meine Füße, während ich ging. Mein Verstand war wie betäubt. Mein Körper handelte ohne Gedanken. Das Pochen in meinem Hals schmerzte, aber der Dreck auf meiner Haut war noch schlimmer. Ich war auf eine Weise schmutzig, die nicht einmal Wasser reinigen konnte, aber das hielt mich nicht davon ab, es zu versuchen.

Meine Haut stank nach Schweiß und Alkohol.

Ich trat in die Dusche, noch immer bekleidet, und schaltete sie ein. Allein die Erinnerung daran, wo Joshs Finger und sein Mund gewesen waren, weckte in mir den Wunsch zu schreien. Nicht vor Schmerz, sondern vor Wut.

Ich zerrte an dem Shirt, das an meiner Brust klebte, und zerfetzte den Stoff, bis er nicht mehr an meiner Haut haftete, sondern in Fetzen auf dem Boden lag. Der Rest meiner Kleidung folgte. Was davon übrig war, würde ich verbrennen, bevor der Tag zu Ende war.

Ich rieb das Shampoo in mein Haar und wusch den Schweiß, den Schmutz und die Asche weg, die mich bedeckten. Ich überschüttete mich mit Duschgel, während ich versuchte, meine Haut mit dem Luffa-Schwamm sauber zu rubbeln.

Mein Haar roch nach Lavendel und meine Haut war rot und wund, aber sie war nicht sauber genug. In mir pochte die Bestie. Sie mochte es nicht. Sie hielt es für sinnlos. Sie wollte lieber da draußen sein und die Welt niederbrennen. Ich ignorierte sie, während ich den einzigen Schrei ausstieß, den ich mir erlaubte.

Was geschehen war, war geschehen. Ich würde mir diese paar Minuten gönnen. Nicht, um zu weinen. Nicht, um mich über die Dämonen zu ärgern, die gestorben waren, oder über meinen Möchtegern-Vergewaltiger.

Ich schrie, weil ich es konnte.

Weil es passiert war.

Weil ich geschändet worden war.

Weil Worte nicht beschreiben konnten, was ich fühlte. Aber das animalische Gebrüll kam dem Ganzen am nächsten.

Als meine Stimme brach, meine Ohren klingelten, meine Kehle rau war und nach Blut schmeckte, stieß ich schließlich einen Seufzer der Erleichterung aus und ließ den Schwamm los. Ich stellte das Wasser ab und stieg aus der Dusche, wobei ich mich leichter fühlte als zuvor. Ich trocknete meine Haut mit einem sauberen Handtuch ab und wickelte es um meine Taille. Während ich mir die Zähne putzte, fiel mir im Spiegel etwas auf und die Zahnbürste rutschte mir aus den Fingern.

Fünf Punkte zierten nun mein Brustbein. Schwarze Linien verbanden sie und ein Kreis verlief um die Ränder. Und die Erkenntnis, was ich da anstarrte, ließ die Bestie in mir schnurren.

Nachdem ich dreiundzwanzig Jahre lang geglaubt hatte, ich wäre ein Halbdämon, bildete sich ein auf dem Kopf stehendes Pentagramm zwischen meinen Brüsten.

Ich hatte ein Mal. Das bedeutete, dass ich mich verwandeln würde.

Dieses Mal war Luzifers Zeichen.

Ich riss meinen Blick von dem Mal auf meiner Brust los und putzte mir so schnell wie möglich die Zähne. Ich wollte es nicht ansehen. Nicht heute. Heute würde ich

Ruby sein. Einfach nur Ruby. Die Tätowiererin, die einen Waschbären als Haustier und eine verrückte beste Freundin hatte.

Heute würde ich einen Kübel Eiscreme essen. Ich würde zwei Kannen Earl Grey trinken und den ganzen Tag auf meinem Sofa liegen und Viola Davis und ihr Team von Möchtegern-Anwälten beobachten. Ich würde einen Schlafanzug tragen und Moira dazu bringen, mein Haar zu flechten, weil ich zu faul war, es zu tun.

Heute war ich der Halbsuccubus aus Portland, der mehr Ärger anlockte, als selbst die Reiter der Hölle zu bewältigen wussten.

Morgen würde ich Luzifers Tochter sein.

Die Dämonin, die dazu bestimmt war, die nächste Herrscherin der Hölle zu werden.

Aber heute war ich einfach nur Ruby.

Fortsetzung folgt ...
Melde dich hier für meinen Newsletter an, um keine Buchvorstellungen mehr zu verpassen!

DANKSAGUNG

Diese Geschichte begann als eine Idee und wuchs weit darüber hinaus, was ich vorhatte. Das habe ich meinem Clan zu verdanken. Analisa und Carrie sind nicht nur meine beschissenen Kolleginnen, die mit mir und wahrscheinlich auch über mich lästern, sondern sie sind auch wie eine Familie, weil sie trotz meiner schlechten Tage (und davon gibt es viele) zu mir stehen. Mein Freund kann das bestätigen. Matt hat mich auf meiner Reise als Autorin wunderbar unterstützt. Er vergisst nicht, mich zu füttern und mit mir spazieren zu gehen, selbst wenn ich das selbst vernachlässige. Die vielleicht wichtigste Person von allen ist jedoch meine Kaffeefee. Sie bringt mir nicht nur den Kaffee, sondern würde mich umbringen, sollte ich sie hier nicht erwähnen. Danke also, Courtney, dass du dir mein koffeinbedingtes Geschwafel anhörst und immer die erste Person bist, die die Biografien liest, die ich für die Stimmen niederschreibe.

Und schließlich danke ich meinen Leserinnen und Lesern, dass sie meine Bücher kaufen und damit meine Kaffeesucht unterstützen. Das bedeutet mir die Welt.